KB253956

리틀 디텍티브

리틀 디텍티브

리틀 디텍티브

이다인 글 · 그림

좋은땅

등장인물 소개

세연-스파이

태웅-리더

리더

민하

수현

재민

스파이

정우

유진

현준

유라

성윤

주한, 이한

준

진혁

나림

은지

목차

1. 모집 안내문

　3월의 어느 월요일 5교시 후 쉬는 시간, 세연은 족히 100장은 될 것 같은 종이들이 덕지덕지 붙어 있는 복도의 게시판에서 연기 동아리 모집 안내문을 찾고 있었다. 세연은 10분 넘게 찾으려고 애썼지만 연기 동아리 모집 안내문은 보이지 않았다. 대신, 아주 작고 낡은 종이를 발견했다. 그 종이에는 어떤 알파벳들이 작게 인쇄되어 있었다.

'SEVITCETED ELTTIL'

"세빗, 세티드…… 엘틸?"

이상한 이름이었다. 어리둥절하게 서 있는 세연의 뒤쪽에서 익숙한 목소리가 들렸다.

"재밌지 않아? 일부러 저렇게 써 놓은 게. 리틀 디텍티브. 거꾸로 읽으면 돼."

태웅이었다.

"그러니까, 탐정 클럽 모집 안내문이야."

"너 설마 이거 신청하려고?"

세연이 물었다. 물으면서도 세연은 태웅이 그 질문에 그렇다고 대답할 거라고는 생각하지 않았다. 모집 안내문은 너덜너덜했고 아직 모집 중이라는 것을 믿기 힘든 모습이었기 때문이다. 그런데 태웅은 모집 안내문에 이름을 적고 대답했다.

"응. 너는?"

사실 태웅은 세연이 신청하게 해 달라고 기도하는 중이었다. 3월에 세연을 처음 봤을 때부터 짝사랑하고 있었기 때문이다.

세연도 태웅을 좋아했다. 세연은 살짝 망설이다 살며시 웃으며 말했다.

"나도…… 신청하려고."

6교시에 두 사람은 서로 다른 생각으로 자리에 앉아 있었다. 태웅은 말로 표현할 수 없이 기분이 좋았다. 좋아하는 탐정 일을 세연과 함께할 수 있다니 꿈만 같았다. 반면 세연은 후회 중이었다. 그럴 만도 했다. 자기가 좋아하는 아이가 신청한다고, 뭘 하는지도 잘 모르는 동아리의 모집 안내문에 친구의 권유로 생각 없이 자기 이름을 써 놓았으니 말이다. 연기 동아리 모집 안내문을 끝까지 살펴봤어야 했다. 아니면, 종이 밑에 적혀 있던 설명 같은 거라도 먼저 읽어 봤어야 했다.

세연은 6교시 내내 동아리가 걱정되어 수업에 집중하지 않고 있다가 선생님께 혼날 뻔했다. 아픈 척 연기를 해서 보건실에 가기 위해 복도에 나왔지만 이름을 지울 수도 없었다. 덕지덕지 붙은 공지들 속에서 모집 안내문을 다시 찾기는 힘들었기 때문이었다. 보건실에 갔다 오는 것치고는 너무 시간을 오래 끌었다는 생각이 들 때쯤, 세연은 터덜터덜 교실로 걸어갔다. 태웅은 세연의 힘 없는 표정을 보고 불안했지만 이내 걱정하는 걸 멈췄다.

태웅이 매일 아침 자습 시간에 앞자리에 앉은 세연을 관찰하며 알게 된 점은 세연이 추리 소설을 많이 읽는다는 것이었다. 경찰이나 범죄 수사에 관한 책도 자주 읽었다. 쉬는 시간에는 단짝 친구와 혈을 찌르는 시늉을 하며 서로 싸우는 흉내까지 냈다. 세연이 탐정에 관심이 많다는 것을 태웅은 이미 알고 있었다.

하루, 이틀, 사흘…… 세연은 그날 자신의 선택을 자책하면서, 그러나 태웅은 더없이 행복하게 하루하루를 보냈다. 하지만 그 일이 있고부터 2주가 지나자 둘 다 모집 안내문 사건은 서서히 잊고 지내게 되었다.

거의 한 달이 지난 4월의 월요일, 세연은 갑자기 모집 안내문 생각이 났다.

'그동안 아무 소식도 없었던 걸 보니 진짜 그거 누가 장난친 것 같아. 아, 아니면 너무 오래돼서 모집이 이미 끝났던 거였나?'

세연은 그동안 초조해했던 자신의 모습을 떠올리며 피식 웃었다. 하지만 그날, 담임선생님은 쉬는 시간에 갑자기 전화를 받고서는 세연과 태웅을 불렀다.

"너희 둘은 교문 앞으로 가라. 거기에 아이들이 몇 명 모여 있을 거야. 그 애들을 따라가면 돼."

세연은 영문을 모르고 교실 밖으로 나갔지만, 태웅은 왠지 기분이 무척 좋아 보였다. 세연은 태웅 뒤쪽에서 걸으며 태웅의 잘생긴 뒷모습을 감상했다. 어쩐지 태웅의 귀가 점점 빨개지는 것 같았다.

'내 귀도 저렇게 빨개졌을까?'

세연은 괜히 부끄러워져서 애꿎은 귀만 잡아당기며 걸었다. 교실에 남은 친구들이 창문에 얼굴을 들이대고 서로 귓속말을 했다. 그리고 세연과 태웅을 번갈아서 가리키며 킥킥댔다. 부러운 눈길로 바라보며 손을 흔드는 친구도 있었다. 세연과 태웅은 그런 반 친구들을 애써 모른 척했다.

교문 앞에는 선생님이 말한 대로 아이들이 모여 있었다. 그중 네모난 안경을 껴서인지 엄청난 모범생처럼 보이는 여자아이가 앞으로 나왔다.

"안녕? 태웅이랑 세연이 맞아? 너희도 리틀 디텍티브 신청한 거지?"

태웅은 고개를 격하게 끄덕이며 그렇다고 말했고, 세연은 "어? 으응."이라고 하면서 눈만 깜빡였다. 세연은 '한 달 전 그 누런 모집 안내문이 진짜였어?' 하고 생각했다.

여자아이는 크게 뜨고 있던 눈을 반달 모양으로 만들며 만족스럽게 미소를 지었다.

"태웅, 세연이, 체크! 이로써 리틀 디텍티브 멤버가 다 모였습니다! 와아~!"

다른 아이들도 다 환호했다. 태웅도 뭔가를 아는 듯 행복하게 환호성을 질렀다. 세연은 멀뚱멀뚱 서 있었다. 네모난 안경을 쓴 여자아이가 다른 아이들에게 손짓했다.

"자, 모두 따라와. 빨리 버스에 타자! 이제 우리는 본부로 갈 거야."

모두 다 버스에 탔을 때 여자아이가 말했다.

"안녕, 나는 민하라고 해. 그리고 여기는 리틀 디텍티브 클럽이야. 이 클럽은 미스터리한 사건을 조사하고 해결하는 역할을 해. 내가 지금 대표처럼 굴고 있는 이유는 이 클럽을 만드신 분이 나한테 임시 대표를 맡기셨기 때문이야. 우리는 앞으로 사건이 들어올 때마다 모이게 될 거야. 사건이 없을 땐 평범하게 생활하면 돼. 자, 질문 있는 사람?"

세연은 '넌 평균 시험 점수가 몇 점이니?' 하고 묻고 싶었지만 그러면 안 될 것 같아서 가만히 있었다.

옆에 있던 쌍둥이가 동시에 손을 들었다. 그리고 동시에 똑같이 물었다.

"이번 사건은 뭐야?"

민하는 아주 빠르게 대답했다.

"본부에 가서 알려 줄게. 다른 질문?"

이번에는 머리를 헤어젤로 올린 남자아이가 손을 들었다.

"우리 본부는 어디에 있어?"

민하는 이번에도 아주 빠르게 대답했다.

"도착하면 알게 되겠지? 그럼 다른 질문?"

민하는 질문을 받기가 귀찮은 것처럼 보였다.

세 번째로는 머리를 땋은 여자아이가 손을 들었다.

"이 클럽을 만든 사람은 누군데?"

이번에도 민하가 본부에서 알려 주겠다고 대답하자 여기저기서 야유가 들려왔다.

"야, 무슨 질문이든 다 본부에서 알려 주겠다고 하는 게 어딨어?"

"그래. 차라리 질문을 안 받는 게 낫겠다!"

민하는 조금도 당황한 기색이 없이 차분한 목소리로 말했다.

"안 그래도 질문은 그만 받으려고 했어. 질문하라고 한 건 너희들의 참여도를 본 거야. 버스가 자꾸 덜컹거려서 시끄러우니까, 본부에 가서 답해 주려고. 이제 다들 조용히 해. 본부까지는 한 시간 반 정도 걸려. 우리 거기까지 평화롭게 가 보자. 설마 이 클럽에 버스 안에서 장난이나 치는 유치원생은 없겠지?”

태웅은 민하가 어떻게 이렇게까지 선생님들이랑 똑같이 말할 수 있는지 궁금했다.

40분이 지나자, 출발할 때는 떠드는 소리로 시끄러웠던 버스가 조용해졌다. 아이들이 대부분 잠들었기 때문이다. 깨어 있는 사람 중 몇몇은 창문 밖 풍경을 보며 자신이 지금쯤이면 어디에 있을지 추리하고 있었다.

세연도 꾸벅꾸벅 졸다가 자기도 모르게 옆자리에 앉은 태웅의 어깨에 기대어 잠들었다. 세연의 머리가 자신의 어깨에 닿는 것을 느낀 태웅은 입이 헤벌어져서 좋아했다. 그걸 보고 건너편에 앉은 남자아이가 다 안다는 듯 고개를 끄덕이더니 태웅에게 말했다.

“어휴, 그렇게 좋냐? 아, 괜찮아, 걱정하지 마. 나는 아무한테도 말하지 않을 거니까.”

태웅은 그 아이를 이상한 눈길로 쳐다보고는 다시 세연을 보며 행복해했다. 건너편 남자아이는 눈을 감고 연신 고개를 끄덕였다.

2. 클럽 본부

시끄러운 소리에 세연이 잠에서 깼을 때, 버스는 이미 본부에 도착했고 아이들은 서로를 밀며 버스에서 내리고 있었다. 태웅은 잠든 세연을 다정한 눈빛으로 바라보고 있다가 세연이 눈을 뜨자 황급히 고개를 반대쪽으로 돌렸다.

버스에서 내린 세연은 본부가 아주, '클럽 모집 안내문처럼' 생겼다고 생각했다. 클럽 본부를 바깥쪽에서 봤을 때는 귀신이 나올 만한 폐가 같았다. 지붕은 금방이라도 꺼져버릴 것 같이 보였고, 벽에는 유리창 대신 찢어진 창호지가 붙어 있는 문이 덜렁덜렁 달려 있었다. 세연은 앞으로 자신은 이 클럽에서 전혀 즐겁지 않은 시간을 보내게 될 거라고 확신하며 태웅을 따라 본부로 들어갔다.

하지만 본부 안쪽은 세연의 예상 밖이었다. 깔끔하다고 부르기에는 물건들이 너무 많았지만, 더럽다기보다는 아늑하다는 말이 더 잘 어울렸다. 본부는 교실의 3분의 2 정도 되는 크기였다. 입구 오른쪽에는 화장실이 있었고 왼쪽에는 엄청난 양의 간식과 큰 옷장이 있었다. 옷장 문밖으로 이불이 삐져나와 있는 게 보였다. 방의 중앙에는 아이들이 둥그렇게 앉아 회의할 수 있도록 푹신푹신한 매트가 깔려 있었다.

그리고 화장실 옆에는 또 다른 문이 있었다. 그 문으로 들어가자 거대한 책상이 보였다. 가로의 길이가 2m는 되어 보이는 책상이었다. 책상에는 많은 서류가 쌓여 있었고, 책상 바로 앞 벽에는 사람들의 사진이 붙어 있었다. 그 사진들은 추리 소설에 흔히 나오는 것처럼 빨간 실로 이어져 있었다.

"와……. 이 클럽, 좀 진짜 같다."

세연이 벌어진 입을 다물지 못하며 작게 말했을 때, 민하가 아이들을 불렀다.

"얘들아! 모여 봐! 이제 너희들이 아까 버스에서 했던 질문에 답해 줄게."

그렇게 말하자마자 순식간에 본부 중앙에는 앉아 있는 아이들로 원이 그려졌다.

민하는 뿌듯한 표정을 지으며 말했다.

"첫 번째 질문이…… 아, 맞다. 이번 사건은 피자 치킨 사건이야. 알파벳 앞 글자를 따서 PC 사건이라고 부르자. 다들 이게 무슨 뜻인지 알겠지? 이 정도 영어는 되잖아. 그렇지?"

그 말에 바가지머리를 한 남자아이가 장난기가 많아 보이는 남자아이와 속삭였다. 둘 다 엄청나게 심각한 표정이었다. 간간이 P와 C라는 알파벳이 들려왔다.

민하는 속삭이고 있는 아이들을 째려본 다음 말을 이었다.

"PC 사건은 이틀 전, 은빛초등학교에서 일어났어. 6학년 아이들이 운동회 다음 날 단체로 피자랑 치킨을 시켜 먹었는데, 그걸 먹은 아이들이 다 식중독에 걸렸대. 그런데 이상한 건 그 피자와 치킨에서 독이나 나쁜 세균이 하나도 검출되지 않았다는 거야.”

이 말에 아이들은 모두 놀랐다.

민하는 안경을 고쳐 쓰고는 말했다.

“그건 제대로 검사를 하지 않아서일 수도 있어. 진짜 과학자한테 검사받은 게 아니거든. 은빛초 6학년 선생님들이 하신 거래. 이제 우리가 해야 할 일은 그 피자에 정말 독이나 나쁜 세균이 하나도 없는지 확인하고, 만약 세균이 없다면 아이들이 모두 식중독에 걸린 원인을 찾는 거야.”

그 말에 아이들이 모두 고개를 끄덕였다.

“두 번째 질문의 대답은,” 민하가 다시 말했다. “우리 본부는 우리나라의 남쪽 지방에 있어. 정확한 위치는 나도 몰라. 아무도 나한테 말해 주지 않았고, 휴대폰으로 확인할 수도 없거든. 우리 클럽 버스에는 전파 간섭 프로그램이 적용되어 있어서 버스에 타는 순간 모든 휴대폰이 꺼지고 우리 집으로 돌아가야 켜질 거야. 클럽의 초대 창시자가 그렇게 프로그래밍했어. 왜냐면 우리는 아직 서로를 믿을 수 없으니까. 앞으로 범죄 관련된 사건들을 해결할 건데, 우리 중에 믿어선 안 되는 사람이 있을 수도 있다는 게 클럽을 만든 사람의 생각이야. 바로 세 번째 질문에 답을 할게. 이 클럽은 ‘임홍수’라는 분이 만드셨어. 고등학생인데, 화이트 해커이고 추리 소설 읽는 게 취미라고 했어."

세연은 취미가 같은 사람을 알게 되어 반갑다고 생각했고, 태웅은 화이트 해커라는 이름이 멋있다고 생각했다. 다른 아이들은 각자 생각한 게 있는지 떠드느라 바빴다. 민하는 한숨을 쉬고는 박수를 세 번 쳤다.

"다시 여길 봐! 우리가 할 일이 아주 많거든. 먼저 리틀 디텍티브는 네 개의 작은 그룹으로 나뉘어. 리더 그룹, 스파이 그룹, 커뮤니케이터 그룹, 서바이버 그룹."

아이들이 또 떠들기 시작하자, 민하는 정말 한심하다는 표정을 지어 보이고는 소리쳤다.

"조오용히이! 하라아고오오!"

그건 아주 큰 효과가 있었다. 모두가 순식간에 조용해졌다. 민하는 한 번 웃음을 지어 보이더니 정확히 1초 후 웃음을 거두었다. 밝은 웃음이었지만 아이들은 민하의 웃음을 보고 다들 긴장한 것처럼 보였다. 민하는 의자 위에 올라서서 아이들이 자신에게 주목할 수 있게 했다.

"리더 그룹은 다른 사람들을 이끌어 줘야 해. 그리고 작전을 짜지. 똑똑하고 계획적인 사람이 하면 좋겠지? 스파이 그룹은 리더 그룹이 짠 작전을 실행해. 용의자와 만날 일도 가끔 생기기 때문에 좀 위험하긴 하지만 가장 멋진 일을 하는 그룹이라고 할 수 있지. 용감하고 갑작스러운 일에도 대처를 잘하는 순발력 있는 사람이 해야 해. 커뮤니케이터 그룹은 무전기나 휴대폰을 들고 다니면서 서로 의사소통하는 일을 해. 꼼꼼하고 일 처리가 빠른 사람이 하면 좋겠어. 서바이버 그룹은 잠복할 일이 있을 때 머무를 장소랑 음식을 마련해. 그리고 여러 가지 잡다한 일도 많이 하게 될 거라 성실한 사람이 하게 될 거야. 자, 이제 자신이 들어가고 싶은 그룹을 생각해 봐."

웅성거리는 소리가 방 안을 가득 채웠다.

태웅은 '나는 리더 그룹에 들어가야지'라고 마음속으로 정하고 세연에게 어느 그룹을 희망하는지 물었다. 세연은 자신이 똑똑하거나, 용감하거나, 꼼꼼하거나, 성실한 것 중 어느 것에도 해당이 안 된다고 생각해서 어떻게 해야 할지 모르겠다고 말했다. 하지만 솔직히 세연은 스파이에 가장 끌렸다.

잠시 고민할 시간을 주고 나서 민하가 말했다.

"다들 마음속으로 가고 싶은 곳을 정했지? 그럼 이제 투표한다. 먼저, 리더 하고 싶은 사람 손 들어!"

민하가 가장 먼저 손을 들었다. 이후로 수현, 재민, 그리고 태웅이 손을 들었다.

"오! 좋아. 딱 넷이네. 그럼 우리가 리더 확정이다. 다음, 스파이 하고 싶은 사람?"

스파이는 인기가 많았다. 남은 12명 중 8명이나 스파이에 손을 들었다.

"스파이 하고 싶은 사람이 이렇게나 많아? 그럼 적합한 사람을 선발해야겠네. 다들 자기가 스파이가 될 만한 이유를 대 봐."

민하가 말했다.

세연은 눈을 질끈 감고 생각했다.

'제발, 좀 떠올라라.'

"누구부터 시킬까? 어……, 그래. 세연이가 말해 봐."

세연은 긴장했지만 그래도 가까스로 무언가를 생각해 냈다.

"나는…… 연기를 할 수 있어."

"연기? 좋아. 그럼 보여 줘."

민하가 말했다.

"어떤 거?"

세연은 떨리는 마음으로 물었다.

"우는 연기 해 봐!"

목소리도 몸집도 큰 남자아이가 말했다. 그 아이는 의기양양했다. 우는 연기까지는 못 할 거라고 생각한 것 같았다. 그러나 세연은 큰 숨을 내쉬고는 얼굴에 슬픈 표정을 깔았다. 그리고 슬픈 생각을 했다.

세연이 일곱 살 생일을 맞았을 때였다. 촛불을 불고 생일 케이크 위에 있던 초콜릿을 먹고 있는데, 전부터 흔들리던 앞니가 빠졌다. 첫 번째로 빠진 이빨이었다. 피가 나는 걸 보고 세연은 울었지만, 엄마와 아빠는 솜을 주며 화장실로 가게 했다. 세연이 솜을 물고 이빨이 빠진 자리와 빠진 이빨을 번갈아 보는 사이, 세연의 엄마와 아빠는 세연의 생일 케이크를 다 먹어 버렸다.

눈물이 절로 났다. 그렇게 세연은 아이들이 시작을 외치고 10초도 안 되어 우는 연기를 해낼 수 있었다. 아이들은 모두 박수를 쳤고, 세연은 만장일치로 첫 번째 스파이가 되었다. 세연 다음으

로는 추리력이 뛰어난 유진, 요즘 '가장 무서운 영화'로 칭해지는
〈귀신과의 한밤〉을 보고도 악몽을 꾸지 않았다는 현준, 상황 파
악이 아주 빠른 정우가 스파이 그룹의 멤버로 선정되었다.

이번에는 남은 아이들이 모두 다 커뮤니케이터에 지원했다.
서바이버들이 온갖 일을 다 한다는 말이 맘에 안 들었던 것 같
았다. 자신의 장점을 호소한 끝에 논리적인 유라, 성대모사를
잘하는 성윤, 둘만의 '비상 통신수단'이 있다는 이한과 주한이
커뮤니케이터가 되었다.

커뮤니케이터가 확정된 후에도 남은 아이들은 자연스럽게 서
바이버가 되었는데, 신기하게도 모두가 서바이버라는 이름에
딱 맞는 장점이 있었다. 다들 성실한 성격이었고 요리나 집안일
을 잘했다.

"얘들아, 잘했어! 드디어 그룹까지 다 정했다. 이제 클럽 창시
자가 나에게 부탁한 건 다 끝났네."

민하가 후련하게 말했다.

다른 아이들도 싱글벙글했다.

'그분이 민하한테 부탁한 게 많네. 둘은 무슨 관계이길래 민하
에게 이걸 다 맡긴 거지?'

세연은 생각했다.

"이제 커뮤니케이터의 휴대폰은 쓸 수 있게 해 달라고 요청해야 하는데…….."

민하가 중얼거렸다.

그때, 어디선가 한 남자의 목소리가 들려왔다.

"커뮤니케이터들의 휴대폰은 이미 내가 다 풀어 놨으니까 확인해 봐. 그리고 저기 책상 서랍에는 무전기도 있는 거 알지?"

"꺄악! 누구야!"

누군가가 소리쳤다. 그러자 본부는 아수라장이 되었다.

"방금…… 들었어?"

"설마, 〈귀신과의 한밤〉에 나오는 목소리 귀신인가?"

"우리 임무가 PC 사건을 처리해야 하는 거 맞아? 귀신 처리가 아니고?"

세연과 태웅도 놀라서 불안한 눈빛을 서로 주고받았다.

하지만 민하는 혼자 차분했다.

목소리가 다시 말했다.

"애들아, 걱정하지 마. 탐정들이 이렇게 겁이 많아서야. 나는 귀신이 아니고 홍수 형이야. 임홍수. 아저씨나 삼촌 호칭은 사절이야. 난 아직 고등학생이니까. 민하가 내 나이는 말해 줬겠지?"

'귀신이 아니라서 다행이네. 그런데 왜 이렇게 오빠라는 말에 집착하는 것 같지? 대부분 나이가 든 사람들이 그러는데, 오빠 고등학생이잖아.'

세연은 생각했다.

"고등학생이면 당연히 형이라고 불러야죠! 왜 삼촌이라고 부르는 걸 걱정해요? 이상하게."

재민도 세연과 같은 생각을 했는지, 허공에 대고 물었다. 그때 민하가 말했다.

"괜찮아! 이상한 사람은 아니야."

"그럼, 뭐. 이상한 사람이 자기는 이상한 사람이라고 하겠냐."

재민이 조그맣게 구시렁거렸다.

"홍수 오빠는 내 사촌이란 말이야. 내가 잘 알아."

민하가 말했다.

'아…… 사촌 오빠였구나.'

세연이 생각했다.

"지금 내 목소리는 천장 스피커에서 나오고 있어. 그리고 내가 여기 CCTV랑 소리 전해 주는 기계도 설치해 놨어. 나는 아무 때나 너희가 뭘 하고 있는지 알 수 있어."

"멋지다, 형!"

태웅이 소리쳤다.

"고맙다!"

스피커에서 호탕한 웃음소리가 흘러나왔다.

"저기, 형. 여기 있는 물건들은 다 형이 가져다 놓은 거야? 간식이랑 이불 같은 거."

태웅이 물었다.

"이 본부는 내가 전에 쓰던 거야. 나도 리틀 디텍티브로 활동했었거든. 그런데 나랑 친구들이 고등학생이 되면서 리틀 디텍티브 1기는 해체가 됐어. 그래서 우리는 리틀 디텍티브 2기 동생들이 우리 뒤를 이어 이 본부를 써 주기를 바라면서 필요할 물건들을 미리 준비해 놨어. 아, 그리고 시간이 없어서 저쪽 방 책상이랑 벽은 정리를 못 했는데, 너희가 알아서 정리하고 쓰면 돼."

"우와. 감사합니다!"

현준이 큰 소리로 인사했다.

"그럼 난 이제 가 볼게. 필요한 거 있으면 '리디콜'이라고 말해. 그러면 나한테 신호가 오거든. 내가 최대한 빠르게 답해 줄게. 안녕!"

"안녕히 가세요!"

클럽 아이들이 다 같이 인사했다.

3. 작전

“애들아, 이제 작전을 짜 보자!”

태웅이 리더 그룹 아이들을 불렀다.

세연은 태웅의 목소리를 듣고는 갑자기 자신도 리더 그룹에 있었으면 좋았겠다는 생각이 들었다.

민하, 수현, 재민이 태웅 쪽으로 갔다.

태웅은 모인 아이들을 놓고 종이와 펜을 가지러 갔다가 금방 다시 나타났다.

“지금부터 회의 시작!”

태웅이 즐겁게 외쳤다.

“우리가 은빛초등학교에 몰래 들어가야 하는 거야?”

수현이 물었다.

“오! 학교 옆에서 잠복하면 재밌겠다.”

재민이 말했다.

“아니야. 은빛초등학교 교장 선생님이 의뢰한 문제라서 들어가는 건 쉬울 거야. 그런데 우리가 그 학교에서 상자를 찾아야해. 치킨이랑 피자가 담긴 상자. 음식에 나쁜 세균이 있는지 검사해야 하니까.”

민하가 대답했다.

“왜 치킨이랑 피자가 아직 남아 있는 거야? 그리고 음식 상자는 또 왜? 이틀 전에 사건이 일어났다고 했잖아. 지금쯤이면 다 버리지 않았을까?”

재민이 물었다.

“교장 선생님은 안 버린 것 같다고 하셨어. 은빛초등학교 6학년 선생님들은 대부분 젊은 데다가 열정이 넘치시는데, 또 어릴 때 꿈이 과학자였던 분들이 많았나 봐. 자기들끼리 검사를 하고 나서 하나도 안 버리고 어딘가에 모아 놨대. 또 뭔가를 조사하려고 하는지. 교장 선생님이 어디에 있는지 알려 달라고 했는데도 말을 안 듣고 비밀을 지키고 있다고 했어. 그래서 교장 선생님이 우리한테 비밀리에 찾아서 조사해 달라고 부탁하신 거야.”

민하가 말했다.

“선생님들이 말썽꾸러기네.”

재민이 키득거리며 웃었다.

"그러게."

태웅도 맞장구치며 웃었다.

"집중하자. 상자는 아마 학교 안에 있을 텐데 어떻게 찾을 수 있을까? 우리가 계속 반에 들락날락할 수도 없잖아. 그러면 다들 우리를 이상하게 보겠지."

민하가 심각하게 말했다.

"음……. 우리 편에는 교장 선생님이 있잖아. 그러니까 우리가 교장 선생님께 부탁해서 전학생인 것처럼 각 반 담임선생님께 말해 달라고 하면 되지 않을까?"

태웅이 말했다.

'역시 태웅이. 정말 똑똑해.'

회의가 시작됐을 때부터 계속 리더들의 말을 엿듣고 있던 세연이 생각했다.

"좋은데'?"

재민이 말했다.

수현은 그 방법을 종이에 적었다.

"은빛초등학교 6학년은 반이 네 개야. 스파이를 한 명씩 보내면 되겠어!"

민하가 밝아진 얼굴로 말했다.

"스파이만 보내면 어떻게 서로 소통하겠어? 한 스파이당 한 커뮤니케이터를 붙여 주자."

재민이 말했다.

"오, 좋아!"

수현이 말했다.

"그럼 한 반당 두 명씩. 짝은 이따가 지어 주자."

"아, 맞다!"

갑자기 태웅이 외쳤다.

"우리는 우리나라 남쪽 지방에 있잖아. 은빛초등학교는 어디에 있어? 여기서 먼 곳이면 잘 곳도 따로 필요해."

세연은 태웅의 생각에 다시 한번 감탄했다. 하긴, 세연은 지금까지 태웅이 하는 모든 말에 감탄했었다.

"그래, 네 말이 맞아. 은빛초등학교는 멀리 있어. 경기도거든. 우리가 가까운 숙소를 찾아 놔야 해."

민하가 말했다.

"그건 서바이버들이 하는 일 아니야?"

재민이 물었다.

"음…… 그런가? 그래도 우리가 일을 좀 줄여 주자. 서바이버가 되고 싶어서 된 것도 아닌데, 일도 많으면 좀 불공평하잖아."

수현이 말했다.

"아, 숙소 찾아보기 전에. 우리 조사는 내일부터 시작해? 언제 떠나?"

재민이 물었다.

"내일 아침에 클럽 버스로 가자. 6시쯤 출발하는 거 어때?"

수현이 말했다.

"그래. 멀리 가려면 6시쯤에는 출발해야겠지? 좋아. 6시."

민하도 동의했다.

"이제 숙소를 찾아보자. 커뮤니케이터, 다들 여기로 와!"

태웅이 말했다.

"왜?"

놀고 있던 커뮤니케이터 넷이 느릿느릿 걸어왔다.

"너희 휴대폰 좀 빌릴게. 우리 것은 다 잠겨 있어."

태웅이 말했다.

넷은 선뜻 휴대폰을 내준 다음 다시 다른 친구들과 놀러 갔다. 휴대폰을 받자마자 리더들은 은빛초등학교 주변에 있는 숙소를 찾기 시작했다. 열여섯 명이 모두 자야 하니까 방은 많거나 아주 커야 하는데, 그 조건을 만족시키는 숙소는 찾기가 힘들었다.

몇 분 후, 민하가 외쳤다.

"나 하나 찾았어! 프린스 호텔 어때?"

"프린스 호텔?"

태웅, 수현, 재민이 동시에 묻고는 검색하기 시작했다.

검색해 보니, 정말 프린스 호텔에는 서른 명도 거뜬히 잘 수 있을 만한 방이 있었다. 하지만 그 호텔은 건물만 봐도 아주 비싸 보였다.

"우리가 어떻게 여기에서 자? 하루 자는 데만 해도 백만 원은 필요한데?"

수현이 물었다.

"그렇네…… 아, 아쉽다. 좋은 숙소에서 자고 싶은데."

재민이 말했다.

"그런데 이 주변에는 다른 숙소가 없어. 프린스 호텔이 안 되면 우리는 길거리에서 자야 해."

태웅이 물었다.

"걱정하지 마! 홍수 오빠가 그 문제는 다 해결해 줄 거야. 엄청 부자거든."

민하가 확신에 찬 목소리로 말했다. 그때, 스피커에서 목소리가 다시 흘러나왔다. 민하는 홍수에게 물었다.

"오빠. 우리가 호텔에 며칠은 묵어야 하는데, 숙박비 지원해 줄 수 있죠?"

홍수는 조금 뜸을 들이다가 말했다.

"음……. 그건 나한테도 쉽게 내주기엔 꽤 큰 돈인데……."

오빠의 약점을 잘 아는 민하는 한쪽 입꼬리를 올리며 말했다.

"에이, 쪼잔하게. 이 클럽을 위해서 그런 것도 못 해 줘요?"

스피커에서는 다급해진 목소리가 들려왔다.

"뭐? 쪼, 쪼잔해? 내가? 아이, 그렇게 단정 짓지는 마라. 너라면 그 큰 돈을 선뜻 내주겠냐?"

민하는 오빠의 마지막 말을 아예 무시하고 말했다.

"그럼요, 쪼잔하죠. 리틀 디텍티브 1기 선배님이신데 그런 작은 결정에노 뜸을 들이고 말이에요, 쯧쯧."

결국, 홍수는 민하의 간단한 계획에 넘어가고 말았다.

"알았어, 알았어! 줄게! 됐지?"

민하는 기분 좋게 웃었다. 그리고 조금 애교를 섞어 말했다.

"감사합니다! 홍수 오빠가 최고!"

스피커에서 헛기침 소리가 들려왔다. 성공적인 대화를 들은 아이들은 모두 민하가 아주 똑똑하다는 걸 인정할 수밖에 없었다.

"와! 우리 프린스 호텔에서 잔다!"

아이들이 외쳤다. 모두 신나서 방방 뛰었다.

"스파이랑 커뮤니케이터들, 다 모여."

잠시 후 태웅이 말했다.

세연은 다른 스파이들과 함께 태웅에게 갔다. 그리고 일부러 태웅 옆에 앉았다.

"스파이와 커뮤니케이터는 학교에 가서 치킨과 피자가 담긴 상자를 찾아와야 해. 이제 짝을 만들 거야. 두 명씩. 스파이 한 명, 커뮤니케이터 한 명, 이렇게."

태웅이 말했다.

"나 성윤이랑 할래!"

현준이 바로 소리쳤다.

"나도 현준이랑 하고 싶어!"

성윤도 말했다.

"알았어, 너희 둘이 해. 그리고 또 희망하는 짝이 있으면 말해 줘."

재민이 말했다.

다들 조용히 앉아 있었다.

"그럼 내가 마음대로 결정한다. 이한이는 세연이랑, 주한이는 정우랑. 그리고 유진이는 유라랑 해. 불만 있는 사람? 없지? 그럼 끝!"

재민은 '불만 있는 사람?' 하고 물으면서 대답할 시간을 하나도 주지 않았다. 하지만 다행히 아무도 불만이 없는 것 같았다. 세연은 짝이 된 이한을 살펴보았다. 주한과 쌍둥이였다. 얼굴은 동글동글하고 하얬다.

민하가 의자 위로 올라가서 박수를 세 번 치고 말했다.

"모두 집중! 우리는 내일 7시, 클럽 버스를 타고 은빛초로 출발할 거야. 그러니까 다들 잘 쉬고 준비해 놔. 알았지?"

4. 은빛초등학교

다음 날이 되었다.

세연은 본부에서 지내는 게 더럽고 힘들 줄 알았는데, 하룻밤을 자 보니 꽤 괜찮다는 생각이 들었다. 아이들이 갈아입을 옷도 살 수 있도록 홍수가 지원해 줘서 생각보다 훨씬 더 위생적인 하루를 보낼 수 있었다.

'이 클럽에 들어가길 잘한 것 같아.'

태웅도 아침으로 서바이버들이 사 온 샌드위치를 먹으며 생각했다.

태웅은 샌드위치를 빠르게 다 먹고 친구들에게 말했다.

"얘들아! 우리 이제 곧 출발할 거야. 짐 있으면 어서 챙기고, 버스 탈 준비 해."

아이들은 '드디어 첫 출동이다!' 하고 생각하면서 가방에 짐을 쑤셔 넣었다.

　모두가 빠르게 움직여 주었기 때문에 10분 만에 모든 사람이 버스에 탈 수 있었다.

　커뮤니케이터 유라가 은빛초등학교 교장 선생님께 전화를 걸었다.

　"안녕하세요? 네, 맞아요. 저는 리틀 디텍티브의 정유라예요. 음……, 6학년 각 반에 두 명씩 보낼 거예요. 시간이요? 지금 본부에서 학교로 가고 있으니까, 9시쯤 도착할 것 같아요. 네. 네. 감사합니다. 안녕히 계세요."

은빛초등학교에 도착하고 스파이와 커뮤니케이터가 모두 버스에서 내렸다.

"안녕, 응원할게."

서바이버 은지와 나림이 함께 말했다.

"꼭 오늘 찾아야 한다는 부담은 갖지 마. 하지만 찾게 되는 날엔 최대한 빨리 프린스 호텔로 가지고 와야 해. 음식이 다 썩어 버리기 전에. 그리고 음식에 세균이 있다면 더 번식하기 전에 가지고 오는 게 좋으니까."

민하가 말했다. 버스는 여덟 명의 아이들을 내려 주고 떠났다. 성윤은 교장 선생님께 전화를 걸었다.

"안녕하세요? 네, 리틀 디텍티브요. 저희 도착했어요. 이제 들어갈게요."

성윤은 전화를 끊고 엄지를 세워 보였다. 다른 아이들은 비장한 표정을 지었다.

"이번 교시 끝나고 쉬는 시간에 복도에서 만나자."

유라가 말했다. 아이들은 모두 고개를 끄덕였다. 그리고 함께 학교 안으로 들어갔다.

유라와 유진이 1반, 성윤과 현준이 2반, 정우와 주한이 3반,

세연은 이한과 4반에 들어갔다.

"안녕하세요."

세연이 교실 앞문을 열고 고개를 빼꼼 내밀며 인사했다. 반에는 열 명도 안 되는 숫자의 아이들이 있었다.

"안녕하세요?"

이한도 인사했다.

"오, 그래! 안녕! 호호호. 반가워! 세연이, 이한이? 잘 왔다. 강지현 선생님이야. 원래 우리 반은 이보다는 학생 수가 많은데, 다들 결석을 했어. 그래도 우리 반은 좀 낫지, 2반에는 넷밖에 없어. 아, 아니다. 그 반에도 전학 오는 애들이 있으니까 이제 여섯."

2교시 수업을 막 시작하던 선생님이 전학생들을 요란하게 환영했다. 역시나, 선생님은 젊고 혈기 왕성한 20대였다.

"애들아! 여기는 세연이랑 이한이야. 세연이부터 자신을 소개해 줄 수 있니?"

강지현 선생님이 말했다.

세연은 목소리를 가다듬고 말했다.

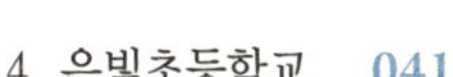

“안녕? 나는 김세연이라고 해. 나는 이 학교에 잠깐만 다닐 거야. 나는 이 주변에 잠깐만 머물다 다시 이사 가거든.”

“우아, 너 진짜 예쁘다! 난 이강현이야. 내 여자 친구 할래?”

갑자기 어떤 남자아이가 말했다.

“뭐, 뭐라고……?”

세연은 느닷없는 고백에 깜짝 놀라 얼굴을 붉혔다.

“너는 당황한 표정도 예쁘구나.”

강현이 말했다.

“으응?”

세연은 도망치고 싶은 마음을 억누르려고 노력했다.

“세연아, 여기 너한테 관심 있는 애가 있는 것 같은데?”

강지현 선생님이 귀엽다는 듯이 웃으며 놀렸다.

세연의 얼굴이 더 빨개졌다. 이한은 재미있다는 듯이 세연과 강현을 보고 있었다. 세연은 그런 이한을 쏘아보았다.

“자, 이제 이한이가 소개해 보자.”

강지현 선생님이 말했다.

이한은 칠판에 기대고 있던 등을 떼고 교탁 앞으로 갔다.

“안녕, 나는 박이한이야. 나는, 음, 며칠 후에…… 미국으로 가……. 내 고모의…… 할머니의…… 동생의…… 친구의……

사촌의…… 조카의…… 음, 친구가 미국에 살아서 우리 가족도 미국으로 가거든……. 하하하. 나도 여기 며칠 못 있을 거야."

이한이 급하게 지어내며 말했다.

"완전 귀엽게 생겼다! 이한아, 너는 내 남자 친구 해 줘! 내 이름은 세나야."

갑자기 어떤 여자아이가 말했다.

이한도 세연처럼 얼굴이 빨개졌다. 세연은 고소하다는 표정으로 이한을 바라보았다. 세연은 자기 대신 이한에게 복수를 해 준 여자아이가 마음에 들었다.

'여기 애들은 왜 이래?'

이한이 세연에게 입 모양으로 말했다. 아무래도 이런 아이들과 계속 함께 지내느니 오늘 안에 서둘러 임무를 빨리 다 끝내고 프린스 호텔로 돌아가는 게 나을 것 같았다.

"역시 우리 반! 사랑이 많아! 정말 최고라니까. 우리, 이참에 올해 목표를 이성 친구 사귀기로 해 볼까? 12월 31일까지는 모두가 연애 중이어야 하는 거야. 어때?"

강지현 선생님은 강현과 세나의 사랑 고백을 이상하게 받아들이지 않는 것 같았다.

강지현 선생님의 황당한 제안에도 4반 아이들은 수줍게 고개를 끄덕였다.

‘이상해! 뭐 이런 반이 다 있어?’

세연은 생각했다.

“자리를 살짝 바꾸는 거 어때? 세연이는 강현이랑, 이한이는 세나랑 앉으렴.”

강지현 선생님이 만족스럽게 말했다.

“좋아요!”

강현과 세나는 입을 헤벌쭉 벌리고 말했다.

세연과 이한은 서로 마주 보았다. 두 사람의 눈에는 공포심이 담겨 있었다.

‘안 돼…….’

세연과 이한이 동시에 생각했다.

2교시가 끝나고 쉬는 시간이 되었다. 세연과 이한은 종이 치자마자 강현과 세나에게서 도망쳐 복도로 나왔다. 저 멀리 다른 스파이들과 커뮤니케이터들이 보였다.

‘맞다, 복도에서 만나는 거였지. 첫 번째 한 시간부터 너무 정신이 없어서 잊고 있었네.’

세연과 이한이 생각했다.

"세연아! 이한아!"

유라가 불렀다.

세연과 이한은 다른 아이들에게 달려갔다.

"보고 싶었어!"

세연이 유라를 껴안으며 말했다.

"음……, 그래. 나도……."

세연과 별로 친하지 않은 유라는 어색하게 대답했다.

"미안해. 내가 아까 반에서 너무 이상한 일을 겪어서 그래."

세연이 말했다.

"괜찮아. 너희도 아직 상자 못 찾았지? 찾아볼 시간도 거의 없었겠지만. 선생님들이 잘 보이는 곳에 숨기진 않았을 테니까, 열심히 찾아보자. 찾게 되면 바로 나와. 그리고 교실마다 돌아다니면서 신호를 줘. 신호는 어떤 걸로 할까?"

유라가 말했다.

"복도 쪽 창문에서 손 흔들기!"

현준이 말했다.

"너무 간단하지 않아?"

주한이 물었다.

"상관없어. 그냥 이걸로 하자."

성윤이 말했다.

"그래."

나머지 아이들이 모두 대답했다.

잠깐의 모임 후 세연은 이한과 함께 다시 4반으로 돌아갔다.

"빨리 찾아보자! 빨리 찾을수록 빨리 쟤네들한테서 벗어날 수 있어."

이한이 세나와 강현을 가리키며 말했다.

세연은 고개를 세게 끄덕였다.

"나는 교실 앞쪽에서 찾아볼게. 너는 뒤쪽을 확인해."

이한이 말했다.

"응!"

세연이 힘차게 대답했다.

세연은 교실 뒤쪽으로 가서 상자를 찾기 시작했다.

"세연아, 뭐 해? 잃어버린 거라도 있어? 찾는 것 도와줄까?"

갑자기 선생님이 세연에게 다가와서 물었다.

"아, 아니에요. 그냥…… 사물함이 너무 예뻐서 구경하는 중
이었어요."

세연이 깜짝 놀라 말했다.

"그냥 예뻐서 보는 건 아닌 것 같은데. 그래도 뭔가 사연이 있
겠지? 묻지는 않을게."

선생님은 웃으며 말했다.

"어? 네. 고맙습니다."

세연은 선생님이 좋은 사람인 것 같다고 생각했다.

세연과 이한은 계속 상자를 찾아다녔지만 끝내 찾지 못했다.

하루의 마지막 학교 종이 쳤고, 여덟 명 모두 복도에 모였다.

"찾았어?"

세연이 작은 희망을 담아 다른 아이들에게 물었다.

"미안. 못 찾았어."

유라가 바닥을 내려다보며 말했다.

"우리도 못 찾았어."

현준과 성윤, 주한, 정우도 침울하게 말했다.

"어떡해, 이제?"

세연이 물었다.

"어떡하기는. 내일도 여길 와야지. 목표물을 찾을 때까지 우리는 이 학교에 다녀야 해."

유라가 체념한 듯이 말했다.

스파이들과 커뮤니케이터들은 터덜터덜 프린스 호텔로 향했다.

5. 상자와의 숨바꼭질

"우리 내일도 가야 해……."

주한이 프린스 호텔 1306호 문을 열며 말했다.

"아……."

리더와 서바이버들이 탄식을 내뱉었다.

"괜찮아! 수고했어!"

태웅은 리더답게 긍정적으로 말했다.

"맞아! 다들 열심히 찾아봤잖아. 그럼 됐지. 기회는 내일도 있고, 무레도 있고, 많이 남았어."

태웅의 말이라면 언제나 동의할 준비가 되어 있는 세연이 맞장구쳤다.

"그래, 그래. 기회가 많아. 됐으면 난 좀 잔다. 내 아름다운 눈이 피곤하거든."

유진이 말했다.

"너는 오자마자 낮잠이냐? 하여간 게으르다니까."

유라가 핀잔을 주었다.

"하하하."

재민이 웃었다.

"얘들아. 이럴 때가 아니잖아. 일 분이라도 더 빨리 사건을 해결해야지!"

민하는 소리쳤다.

"우리가 지금 뭘 할 수 있겠어. 스파이랑 커뮤니케이터가 학교에 가야만 찾을 수 있는 거잖아."

현준이 말했다.

"음……. 그게 아닐지도 몰라!"

계속 조용하던 준이 잠시 생각하더니 외쳤다.

"그게 무슨 말이야?"

세연이 물었다.

"은빛초에서 먹은 피자랑 치킨을 파는 집에서, 우리도 똑같이 시키면 되잖아! 조리법이 같다면 여전히 음식에 독성

물질이 있을 수도 있어! 그게 아니라면 좀 아쉽겠지만, 뭐라도 해 봐야지. 시간도 남는데.”

준이 설명했다.

“오! 좋아! 일단 해 보자. 그런데 지금, 아이들끼리 그런 걸 시키면 좀 이상하지 않나?”

수현이 말했다.

“그게 그렇게 이상한 건가? 그래도 그렇게 느낀다면, 저녁 시간에 시키면 되지. 아이들이 너무 많은 것 같으면 몇 명은 숨으면 되고.”

재민이 말했다.

“성윤이가 성대모사 할 수 있다고 했지? 그럼 다 준비됐어! 성윤이가 방에 들어가서 우리랑 같이 있는 어른의 흉내를 내 주면 되잖아. 우리 관계는…… 아빠랑 아이들로 할래? 나랑 성윤이만 빼고 나머지는 다 숨어 있으면 돼.”

민하가 말했다.

“그래!”

아이들이 외쳤다.

“민하야, 은빛초에서 시킨 치킨이랑 피자가 어느 집에서 온 건지 알아?”

성윤이 물었다.

"응, 알아. 전에 홍수 오빠가 나한테 말해 줬는데, 내가 너희한테는 설명을 안 했었네. 그 집에서는 치킨이랑 피자를 같이 팔아. 스마트폰 줘 봐. 내가 알려 줄게."

민하가 말했다.

6시가 되자 성윤은 치킨 피자집에 전화를 걸었다.

"안녕하세요? 주문할게요. 치즈피자 한 판이랑 치킨 한 마리, 프린스 호텔 1306호로 배달시켜 주세요."

성윤은 성인 남자의 목소리로 주문했다.

"오……."

성윤의 성대모사를 들은 아이들이 작게 감탄했다.

두 시간이 지나자, 치킨과 피자가 배달 왔다.

딩동!

"드디어! 그런데 이 집은 왜 이렇게 배달이 오래 걸리는 거지?"

성윤이 말했다.

민하와 성윤은 문을 열었다.

"안녕하세요……? 치킨 한 마리 시키셨죠?"

"피자 한 판도요."

배달원들이 말했다. 배달원은 여자와 남자 한 명씩이었다. 둘 다 중학생 정도로밖에 보이지 않았는데, 똑같은 하얀 장갑을 끼고 있었다.

"네! 맞아요. 감사합니다."

민하는 인사하며 피자와 치킨을 받았다.

"혹시 어른은 안 계신가요? 아까 어른 목소리로 주문을 받았는데."

남자 배달원이 말했다.

“아, 그건 저희 아빠예요! 제가 불러올게요. 아빠! 배달 왔어요!”

성윤은 방으로 들어갔다.

“네가 돈 내. 자, 여기.”

성윤이 아까 냈던 남자의 목소리로, 일부러 크게 말했다.

“여기요. 우리 아빠가 화장실에 계셔서요.”

성윤이 방에서 나와 돈을 지갑에서 꺼내며 말했다.

“아, 네……. 알겠습니다.”

배달원들은 결제한 다음 바로 나갔다.

“와! 성공이다!”

문이 닫히자 진혁이 외쳤다.

“한 곳에서 시켰는데 왜 둘이 배달 오는 거지? 특이하다.”

세연이 말했다.

“배달원이 너무 어려서 그런 것 같은데? 어른 같지 않았잖아.
우리 이제 검사를 해 보자!”

은지가 말했다.

“음……. 그런데 어떻게 검사하지? 난 방법을 몰라. 그리고
우리가 이걸 장갑 없이 만져도 되는 걸까? 나는 그냥 만졌는데.
괜찮겠지?”

민하가 말했다.

"장갑이 없다고 걱정하진 않아도 돼. 독성 물질은 음식을 먹을 때 위험한 거잖아. 그리고 검사 문제는 내가 해결할 수 있을 것 같아. 우리 아빠가 과학자시거든."

정우가 씩 웃었다.

"뭐? 정말?"

세연과 태웅이 동시에 물었다. 그리고 서로 마주 보고 웃었다.

"응! 내가 아빠한테 부탁해 볼 수 있는데. 오늘은 아빠가 쉬는 날이거든. 전화해 볼까?"

정우가 말했다.

"그러면 고맙지! 아빠가 진짜 과학자셔? 멋지다!"

민하가 기쁘게 소리쳤다.

유라는 휴대폰을 정우에게 갖다주었다.

전화가 걸리자 정우가 말했다.

"여보세요. 아빠? 저 지금 친구들이랑 있어요. 저희가 독성 물질이 있을 수도 있는 음식을 찾았는데, 와서 검사해 주실 수 있어요? 중요한 거예요."

"중요하다고? 그렇지만 벌써 저녁이잖아. 근데 너 지금 어디에 있는 거니?"

정우 아빠가 대답했다.

"어…… 프린스 호텔이에요."

정우가 말했다.

"프린스 호텔?! 그 비싼…… 그 호텔?! 사실이냐? 어떻게 거기에 간 거야?"

정우 아빠의 놀란 감정은 목소리만으로도 아주 잘 전해졌다.

"아빠. 그건 나중에 알아도 돼요. 지금은 제가 여기로 오실 수 있냐고 묻고 있잖아요."

정우가 말했다.

"여기에서 좀 먼 곳이니까 오늘은 못 가겠고, 바쁘겠지만 이 일이 그렇게 중요한 거라면 내일 오전에 잠깐 들를게. 나도 이참에 프린스 호텔 구경 좀 해 보자. 검사하면 결과는 모레쯤 나올 거고. 좋지?"

정우 아빠가 말하자, 옆에서 집중하며 듣고 있던 아이들이 신이 나서 방방 뛰었다.

"고마워요, 아빠!"

정우는 전화를 끊었다.

"진짜 잘됐다!"

수현이 정우와 하이파이브를 하며 말했다.

"내일 오전에 온다고 하셨지? 그럼 스파이랑 커뮤니케이터,
너희가 내일 오전까지는 꼭 학교에서 상자들을 찾아와 줘. 그것
까지 한 번에 가져가실 수 있게."

민하가 말했다.

"왜? 이제 안 가도 되는 거 아니야?"

이한과 주한이 물었다.

"가야 해. 우리가 오늘 시킨 음식에는 독성 물질이 하나도 없
을 수도 있어. 은빛초등학교에서 먹은 음식에만 있을 수도 있는
거야. 그리고 검사 결과가 나올 때까지 기다리자면 시간이 너무
오래 걸려. 한꺼번에 보내서 같이 검사받는 게 제일 좋아."

민하가 말했다.

"알았어……."

스파이들과 커뮤니케이터들이 힘없이 대답했다.

다음 날이 되었다.

8시, 세연은 친구들과 함께 일부러 일찍 학교로 향했다.

"얘들아! 오늘은 꼭 찾을 수 있을 거야! 화이팅!"

태웅이 프린스 호텔 대문까지 나와 배웅했다. 그 목적은 친구
들의 자신감을 키워 주기 위한 것만은 아니었다. 태웅은 그저

세연을 더 오랫동안 보고 싶었다.

  학교에 도착하고 아이들은 네 그룹으로 갈라졌다.

  "우리 열심히 해 보자!"

  세연이 말했다.

  "그래."

  유라가 말했다.

  세연과 이한은 4반으로 들어갔다.

  강현은 세연의 책상에 분홍색 무언가를 올려놓고 있었다. 세연이 교실로 들어선 걸 알아채자, 급하게 일어나 교실 앞문으로 나갔다. 세연은 터덜터덜 책상으로 걸어갔다. 세연이 책상 앞에 섰을 때 그것이 강현의 편지라는 것을 알 수 있었다. 옆쪽에서 이한은 세나의 편지를 받고 한숨을 쉬고 있었다.

  세연과 이한은 편지를 펼쳐 보지도 않은 재로 책상 서랍에 넣었다.

  "아이들이 오기 전에 빨리 찾아보자!"

  이한이 세연에게 와서 말했다.

  "응!"

  세연은 대답하고, 바로 상자를 찾기 시작했다. 정신없이 찾다

보니 1교시 시작 직전이 되었고, 아이들은 어느새 자리를 다 채워 앉아 있었다. 곧 종이 쳤다.

"여러분, 수학 교과서 62페이지 펴세요."

강지현 선생님이 말했다. 세연과 이한은 자리로 돌아가 앉았다.

1교시는 느릿느릿 지나갔다. 세연과 이한은 선생님이 수업하는 동안에도 치킨과 피자 상자가 혹시 보일까 하고 계속 주변을 두리번거렸다.

'수업 시간이 40분인데, 쉬는 시간이 10분인 건 정말 너무한 것 같아. 어떻게 그 시간 안에 상자를 찾는담.'

세연은 생각했다.

수업 내내 교실을 흘끔흘끔 살펴보았지만 별다른 게 눈에 띄지 않자, 세연은 나머지 시간이라도 공부를 해야겠다는 생각을 했다. 이한도 세연과 같은 마음이었는지, 잠시나마 허리를 곧추세우고 수업에 집중했다. 하지만 강지현 선생님은 수업을 조금 일찍 끝내셨고, 세연과 이한은 이번 시간에 배운 게 하나도 없었다.

세연은 이한에게 가서 같이 피자와 치킨을 찾아보고 싶었지만 그럴 수 없었다. 강현이 세연 쪽으로 몸을 돌렸기 때문이다. 사실 강현은 수업 내내 세연을 쳐다보고 있었고, 뭔가 중요한 걸 말하려고 하는 것 같았다.

"세연아."

강현이 말했다.

"응……."

세연은 진심으로 도망가고 싶다고 생각하며 대답했다.

"세연아……. 넌…… 정말…… 예뻐. 너무 예뻐서, 아……. 뭐라고 말해야 할지도 모르겠어. 그래서 내가 편지에 다 썼어. 읽어 봤지?"

강현은 수줍게 말했다.

"편지……? 으응. 다, 당연하지."

세연은 거짓 웃음을 지었다.

"그래서 너는…… 그 내용에 대해서…… 어떻게 생각해?"

강현이 세연 쪽으로 몸을 더 기울이며 물었다.

"내용? 아, 내용. 그렇지. 기다려 봐. 아직 생각을 안 해 봐서……. 이제 생각해 볼게……."

세연은 이 상황이 너무 불편해서 앉아 있는 의자를 앞뒤로 까딱까딱했다. 의자의 무게 중심이 뒤로 갈 때마다 바닥의 나무판자는 삐걱거렸다. 그렇게 끔찍이도 어색한 5분이 흘렀고, 쉬는 시간은 5분밖에 남지 않게 되었다. 세연은 애가 탔다.

"미안한데, 나 잠깐 화장실 좀 갔다 올게."

그 자리에서 벗어나고 싶었던 세연은 강현의 눈치를 보며 말
했다.

세연은 자리에서 일어나 의자를 넣었다. 그리고 한 발자국 걸
음을 뗐는데 세연의 발이 밑으로 빠졌다. 삐걱거리던 나무판자
였다.

"아앗!"

세연은 넘어지며 소리쳤다.

"자. 내 손을 잡아."

강현이 머리카락을 쓸어 넘기며 말했다.

"안 도와줘도 돼. 좀 저쪽으로 가 있을래?"

세연은 차갑게 말했다. 그리고 나무판자 사이에 낀 발을 빼내려고 애썼지만 발은 잘 빠지지 않았다. 세연이 발을 이리저리 움직이며 꺼내려 하자 나무판자가 조금 들렸고, 세연은 겨우 발을 빼낼 수 있었다.

세연이 나무판자를 다시 내려놓으려고 하는데, 그 작은 틈 사이로 하얀 것이 보였다. 세연은 얼굴을 나무판자 아래쪽으로 가까이 들이밀었다. 분명히 뭔가 있었다. 부피가 꽤 컸다. 세연은 틈을 좀 더 많이 벌리고 그 사이로 양팔을 넣어 물체를 끄집어 냈다. 음식이 포장된 상자였다. 피자라고 쓰인 하얀 상자 하나, 치킨이라고 쓰인 갈색 상사 하나.

PIZZA

6. 프린스 호텔로

"이한아! 빨리! 나 찾았어!"

세연이 이한을 불렀다.

이한이 세연에게 가려는데 종이 울리고 선생님이 들어왔다. 세연은 재빨리 피자가 담긴 상자, 치킨이 담긴 상자를 하나씩 꺼내서 등 뒤에 감추었다. 이한은 조용히 자리로 가서 앉았다.

곧 수업이 시작되었고, 세연과 이한은 서로 눈빛을 주고받았다. 리더들이 상자들을 찾으면 최대한 빨리 학교에서 나와 임시 본부로 갖고 오라고 했기 때문에, 학교에 온 스파이들과 커뮤니케이터들은 지금 바로 프린스 호텔에 가야 했다.

"선생님, 저, 화장실 좀 갔다 올게요."

상자들을 가방에 넣은 세연이 말했다.

"지금? 아까 쉬는 시간에 안 갔다 오고 뭐 했니?"

선생님이 피곤한 목소리로 말했다.

"아, 그건……, 제가 쉬는 시간에도 갔다 오려고 했거든요. 근데 발목을 다쳐서 빨리 갈 수가 없었어요. 교실 문밖을 나갔는데 종이 쳐서 다시 들어온 거예요. 하하하."

세연은 당황한 걸 들키지 않으려고 애쓰면서 말했다.

"그래. 다음부터는 꼭 화장실에 미리 다녀와야 해. 어서 갔다 와."

선생님이 말했다.

"감사합니다!"

세연이 자리에서 일어나며 웃었다.

"잠깐만, 세연아. 그 가방 뭐니? 왜 화장실에 가방을 들고 가?"

선생님이 물었다.

"아……하하하. 이게 제 애착 가방이어서, 어딜 가든 들고 다녀야 해요."

다행히 선생님은 그런 엉망진창 변명에도 별다른 말을 하지 않았다.

하지만 이한이 남았다. 스파이들, 커뮤니케이터들 모두가 각자의 교실에서 빠져나가야 하는데, 이한은 얼른 뭔가를 생각해 내야 했다.

"저도 화장실 가고 싶어요."

이한이 말했다.

"한 번에 한 명씩이야. 그리고 너는 왜 쉬는 시간에 안 갔다 온 거야?"

선생님이 말했다.

세연은 교실 문밖에서 이한을 유심히 지켜보고 있었다. 선생님이 하는 말을 들었을 때, 세연은 절망에 빠져 눈을 꼭 감고 이한이 잘 빠져나오기를 기도했다.

하지만 이한은 당황한 기색이 없었다. 이한은 앞으로 나가 선생님 귀에 대고 어떤 걸 속삭였다.

놀랍게도, 선생님은 이한을 보내 주었다.

세연은 이한이 나오는 걸 보고 눈이 휘둥그레졌다. 그리고 작게 물었다.

"방금 뭐라고 한 거야?"

이한은 아무렇지도 않게 말했다.

"아. 네가 어제부터 강현이랑 사귀다가 아까 차였다고 했어. 그리고 내가 널 좋아해서 둘이서 같이 있을 타이밍이 필요하다고. 오늘은 너를 화장실까지 부축해 주고 싶다고 했어."

"넌 선생님이 그 말에 넘어가실 거라고 어떻게 알고 말한 거야?"

"에이, 너도 알잖아. 선생님은 사랑을 사랑하시는 거. 어제 못

봤어?”

세연은 감탄했다.

“너 대단하다.”

이한은 싱긋 웃었다.

복도에서 조금 걷다가, 세연은 마지막으로 볼 선생님과 친구들이라고 생각하며 한번 뒤돌아보았다. 선생님은 씨익 웃으며 어딘가에 전화를 걸고 있었다.

‘선생님 애인인가.’

세연은 생각했다.

둘은 3반으로 향했다. 3반에서는 정우와 주한을 나오게 해야 했다.

세연이 창문 뒤에서 나오라는 신호를 보냈지만 둘 다 보지 못했다.

잠시 후, 이한이 말했다.

“안 되겠다. 기다리기만 할 수는 없어. 세연아, 저기 기둥 뒤에 숨어 있어.”

그러고는 곧장 3반 교실 앞문을 콩콩 두드렸다. 3반 선생님이 문 앞까지 나오자 이한은 슬픈 표정을 지으며 조용히 말했다.

"선생님. 전 주한이 쌍둥이 형 박이한인데요, 저희 엄마가 갑
자기 다치셨다고 해서 지금 가 봐야 할 것 같아요. 교문 밖에서
아빠가 기다리고 계신대요."

3반 선생님은 다른 아이들에게 잠깐 시간을 주고 주한을 따로
불러서 말했다.

"주한아. 이런 소식을 전하게 돼서 미안하다. 너희 어머니께
서 다치셨대. 이한이랑 어서 같이 가 보렴."

주한은 그 말을 들으면서 웃음을 참느라 혼났다.

'이렇게 쉽게 조퇴할 수 있는 거였어?'

주한이 갑작스러운 사고 소식에 너무 놀라 입을 막으며 고개
를 끄덕였다. 사실 주한은 이한의 연기력에 웃음이 터져 나올까
봐 막은 것일 뿐이었다. 그러나 선생님은 정말 안타깝다는 표정
으로 주한을 토닥이고는 보내 주었다. 귀가 밝은 정우는 이한과
선생님의 말을 다 듣고, 빠르게 상황 파악을 했다. 그러고는 물
병 뚜껑을 열어 손에 물을 몇 방울 묻히고, 그 물방울을 눈에 묻
혀서 눈물처럼 보이게 했다. 준비가 다 됐을 때 정우는 연기를
시작했다.

"흑흑, 선생님! 저 다 들었어요. 주한아, 어떡해! 너무 슬프다.
으앙!"

3반 선생님은 정우의 울음을 보고 말했다.

"아이고, 우리 정우는 정이 정말 많구나. 화장실에 가서 진정 좀 하고 오거라."

정우는 잠시 승리의 미소를 지었다가 거두고, 계속 연기를 하면서 교실 밖으로 나갔다.

"으흐흑, 네……."

정우까지 밖에 나오자, 모두가 환호했다.

"넌 연기 배운 적 있니?"

세연이 물었다.

"아니. 오늘 처음 해 본 거야."

"진짜 배우 같았어! 처음 한 것 같지 않아!"

"고마워."

세연, 이한, 주한, 정우는 서로 하이파이브를 하고 2반으로 향했다.

2반에 있던 현준과 성윤은 세연이 창문에서 손을 흔드는 걸 알아챘다. 마침 그때는 미술 시간이었기 때문에, 그 둘은 나갈 방법을 찾아내기가 쉬웠다.

현준과 성윤은 일부러 손에 파스텔을 잔뜩 묻혔다. 원래 손의 색깔이 무엇이었는지 알기 힘들 정도로 파스텔이 묻었을 때, 현준이 무지개색이 된 손을 들고 해맑게 말했다.

"선생님, 화장실 좀 갔다 올게요. 제 손 좀 보세요, 헤헤헤. 예쁘죠?"

"저도요."

성윤도 손을 보여 주며 말했다.

"으악, 어떻게 파스텔이 이 정도로 묻을 수 있는 거지? 애들아, 이 활동이 손을 꾸미는 게 아니라는 건 알고 있는 거야? 얼른 다녀와."

화려한 옷을 입은 2반 선생님은 아이들의 손이 혹시나 자신의 새하얀 치마에 닿을까 봐 경계하며 현준과 성윤을 쉽게 보내 주었다.

이제 1반의 유진과 유라만 남았다. 1반 복도에 선 여섯은 가슴이 쿵쾅거렸다. 1반 선생님은 우락부락한 남자 선생님이었기 때문이다. 게다가 1반 선생님은 아이들이 잘못할 때마다 쩌렁쩌렁한 목소리로 야단을 치기도 했다.

다행히 먼저 유라가 창밖을 보다가 세연의 신호를 알아차렸다. 유라는 망설이지 않았다. 유진에게 눈짓을 한 번 한 다음 선생님께 불평하는 투로 말했다.

"선생님! 이유진이 자꾸 연필로 절 찔러요."

유진은 잘난 척이 좀 심하기는 해도 머리가 좋았고, 유라의 계획을 곧바로 이해한 뒤 그대로 따랐다.

"제가 먼저 그런 건 아니에요! 쟤는 계속 제 머리 스타일이 이상하다고 놀렸다고요! 아, 짜증 나네."

"내가 언제? 선생님, 그건 얘가 방금 지어낸 거예요! 믿지 마세요!"

"아니거든. 시치미 떼지 마."

"얘들아. 하지 마라."

1반 선생님이 낮은 목소리로 경고했다.

하지만 유진과 유라는 듣는 척도 하지 않았다.

"시치미 떼는 건 너고. 네가 더 잘못했으면서. 아까 나한테 욕도 했잖아."

"욕? 그건 네가 때려서 그런 거지! 세상에, 내 잘생긴 등이 맞아서 빨개졌는데 어떻게 욕 한마디도 안 할 수가 있겠어!"

1반 선생님은 화가 머리끝까지 났다.

"야! 너희 둘 다! 싸우지 마! 아, 참 나. 이렇게 마음에 안 드는 전학생은 내 인생 처음이다! 이유진, 정유라! 복도로 나가서 손 들고 있어!"

그래서 유진과 유라는 행복하게 복도로 나왔고, 그렇게 8명 모두가 모였다.

"와……. 우리가 해냈어. 이제 우리 임무는 끝!"

유라가 말했다.

"역시 나야. 내 연기 멋지지 않았어?"

유진이 자랑스럽게 말했다.

"으이구, 잘난 척은. 가방이 무겁다. 넌 이거나 들어."

세연은 치킨이 담긴 상자를 가방에서 꺼내 유진에게 건네며 말했다. 그리고 다 같이 프린스 호텔로, 지금쯤이면 아이들이 왜 이렇게 안 올지 궁금해하고 있을 선생님들에게서 도망치듯 달려갔다.

7. 과학자 아저씨

스파이와 커뮤니케이터가 프린스 호텔에 돌아오자마자, 기다리고 있던 아이들이 환하게 웃으며 반겼다.

"우리 찾았어!"

현준이 더없이 행복한 표정으로 외쳤다.

"오! 정말? 대단해! 수고했어, 다들."

은지와 나림이 말했다.

세연과 유진은 상자를 리더들에게 넘겼다.

"이제 곧 과학자님이 오시겠지?"

성윤이 기대하며 물었다.

"응! 열한 시쯤 오신다고 했어. 30분만 기다리면 돼."

민하가 웃으며 말했다.

세연은 왠지 민하의 얼굴이 조금 창백해 보인다고 생각했다.

"과학자라면 계획적인 성격이겠지? 그러면 집에 있는 물건도

다 계획적으로 배치해 놓으셨을 거야. 어쩌면 결벽증이 있을지
도 몰라."

현준이 말했다.

"그런가? 그러면 우리 숙소에 들어오기가 힘드실 것 같은데."

진혁이 말했다.

그 말에 아이들은 청소를 제대로 해 보겠다며 비장하게 장갑
을 끼고는 바닥에 널브러져 있는 옷들과 쓰레기, 짐을 치우기
시작했다.

"열심히 안 치워도 되는데. 우리 아빠는 절대 그런 성격 아니
야. 결벽증은 상상도 안 간다. 아빠 방은 너무 지저분해서 들어
가기도 싫은걸."

정우는 생각하기도 싫다는 듯 고개를 몇 번이나 절레절레 흔
들었다.

딩동!

초인종이 울렸다.

"오셨다!"

태웅이 제일 먼저 달려가 문을 열었다. 아저씨는 실험실에서
바로 오셨는지 실험복 차림이었다.

"안녕하세요!"

아이들이 합창했다.

“그래. 안녕, 애들아. 정말…… 많구나.”

과학자 손님이 대답했다. 아이들이 너무 많아서 조금 부담스러워하는 것 같았다.

“어서 들어오세요.”

민하가 말했다.

하지만 정우의 아빠는 안으로 들어오지 않았다.

“아니다. 여기서 바로 음식을 받아서 갈게. 나는 여기에 5분도 있을 수 없을 것 같구나. 너무 바빠. 오늘 아침에 급하게 연구해야 할 게 생겼거든.”

“괜찮아요.”

아이들이 대답했다.

“음식 좀 여기 담아 줄 수 있니?”

정우 아빠가 비닐 팩을 두 장 내밀며 말했다.

“1분만 기다려 주세요. 금방 담아 올게요.”

민하가 말했다. 이제 민하의 얼굴은 확실히 창백해 보였다.

“나도 같이 담을게.”

정우가 말했다.

호기심으로 가득 찬 아이들이 과학자 아저씨에게 ‘과학자는 어떤 걸 연구해요?', '실험하다 보면 정말 폭발하기도 하나요?', '마녀는 실험 약품을 가지고 물약을 만드는데 그럼 마녀도 과학자인가요?' 같은 질문을 하는 동안 민하와 정우는 피자와 치킨을 옮겨 담았다. 음식을 모두 담고 나서 정우는 상자들을 재활용 쓰레기통에 버렸다.

"여기요."

민하가 비닐 팩을 정우 아빠에게 건넸다.

"그래. 검사 결과는 최대한 빨리 나오게 노력해 볼게."

아저씨가 말했다.

"사건 해결을 도와주셔서 감사해요."

세연이 말했다.

"안녕히 가세요!"

아이들은 또다시 합창했다.

해야 할 일이 끝나자 민하는 소파로 가서 털썩 앉았다. 세연과 몇몇 아이들도 민하를 따라 소파로 갔다.

"오늘은 쉬어도 되겠다. 이제 검사 결과만 기다리면 되잖아."

은지가 손뼉을 치며 말했다.

"그러게. 민하야, 리더 역할을 하느라 힘들었지? 오늘은 신나게 놀아 보자!"

나림도 활기차게 말했다.

"응…… 놀자……."

민하의 반응은 뜨뜻미지근했다.

"왜 이렇게 힘이 없어? 놀기 싫은 것 같이."

수현이 물었다.

"아니야. 진짜로. 노는 거 좋아……. 얼른 놀자."

민하가 약하게 미소를 지으며 말했다. 하지만 목소리에는 정

말 힘이 없었다.

"너 괜찮아?"

세연이 물었다.

민하는 대답이 없었다. 그렇다고 하기는 싫은데 또 안 아픈 건 아닌 모양이었다.

세연은 민하의 이마에 손을 대 보았다. 뜨거웠다.

'스트레스 때문에 아픈 걸까? 하긴…… 힘들었겠지. 거의 리틀 디텍티브의 총괄 리더 역할을 하고 있었잖아. 좀 도와줄걸…….'

세연은 생각했다.

"서바이버, 다 이리 와 봐! 애들아, 나가서 체온계랑 해열제 좀 사 줘. 민하가 아픈 것 같아. 머리가 뜨거워."

세연이 말했다.

"민하가 아프다고?"

진혁이 물었다.

"응? 누가 뭐?"

준이 진혁에게 물었다.

"내가 방금 말했잖아! 묻지 말고 얼른 좀 가서 사다 줄래?"

세연은 답답해서 소리쳤다.

서바이버들은 군소리 없이 바로 나갔다.

세연은 수건에 찬물을 묻혀 민하의 이마에 올렸다.

"세연아, 이렇게까지 할 필요는 없는데……."

민하가 말했다.

"아니야. 네가 얼른 나아서 사건을 다 해결해야지. 네가 아프면 일이 어떻게 돌아가겠어."

세연은 민하에게 따뜻하게 웃어 주었다.

민하도 살짝 웃었다.

몇 분 뒤, 민하는 잠들었다.

그리고 서바이버들이 빨개진 얼굴로 들어왔다. 모두 땀을 뻘뻘 흘리고 있었다.

"벌써 온 거야?! 5분 만에?"

태웅이 시계를 보며 깜짝 놀라 물었다.

"세연이 말투를 보니까 좀 많이 심각한 것 같아서…… 헉, 헉, 좀 달렸지……, 헉, 힉, 힉."

준이 손으로 부채질을 하며 말했다.

"좀 달린 거라고? 좀? 이게? 이건 그냥 전속력으로 뛴 거야, 헉, 헉, 헉…… 운동회 때 달리기 시합할 때도…… 헉, 헉, 이렇게 달리진 않았어, 흐억, 올림픽에서 이렇게 뛰면……, 헉, 헉, 세계 신기록일 거야."

나림은 신발장에 철퍼덕 앉았다.

"세연아…… 여기…… 헉, 헉, 체온계랑…… 해열제."

은지는 거의 기다시피 들어와서 세연에게 비닐봉지를 주었다.

"고, 고마워. 하하하."

세연은 서바이버들에게 조금 미안한 마음이 들었다.

8. 이상한 전염

아이들은 다 같이 민하를 간호하며 하루를 보냈다. 하지만 다음 날에도 민하는 별로 나아지지 않았다. 열도 내리지 않은 데다가, 오전에만 열 번은 넘게 화장실을 들락거렸다.

"아…… 너무 힘들다."

세 시간 동안 민하 옆에서 간호한 세연이 말했다. 그러고는 아침에 일어나고 나서 아직 정리하지 못한 이부자리 위에 엎어져 누웠다. 세연은 그렇게 누워 있다가 깜빡 잠이 들었다.

세연이 낮잠을 자고 일어났을 때, 몇몇 아이들이 세연을 둘러싸고 있었다. 아이들의 눈빛은 걱정으로 가득 차 있었다.

"왜 그래? 무슨 일 있어?"

세연은 이렇게 물으며 일어나다가 머리가 돌덩이처럼 무거워진 걸 깨닫고는 다시 눕고 말았다.

"세연아, 충격받고 싶지 않으면 열을 재지 마."

나림과 은지가 체온계를 뒤로 숨기며 말했다.

"응?"

세연은 어리둥절했지만, 아이들의 반응을 봐선 자신이 아프다는 걸 알 수 있었다.

"내가 구급차 부를까?"

준이 물었다.

"구급차? 음…… 그래!"

재민과 수현이 말했다.

"세연아, 그때까지 살아 있어야 해……."

세연 옆에 같이 누워 있던 민하가 조그맣게 말했다.

"그때까지 살아 있어야 한다고? 나 말이야? 무슨 일이야? 왜 그러는 거야! 무섭잖아……."

죽음이라는 갑작스러운 말에 세연은 울먹거렸다.

"민하야! 그러지 마. 세연이 놀라잖아!"

유라가 소리쳤다.

"미안. 세연아, 걱정하지 마. 구급차가 곧 올 거니까."

민하가 말했다.

"정말, 하지 말라고 그래도."

유라가 말했다.

"구급차라니! 내가 뭐가 문제인 건데?"

세연은 눈물을 훔치며 물었다.

"아니…… 별거 아니고……, 그냥…… 열이 41도까지 올라간 거야."

아이들은 주저하다가 말했다.

"41도……? 그게 진짜야?"

세연은 멍해졌다. 체온계에서 41라는 숫자를 볼 수 있다는 게 믿기지 않았다.

"41도면…… 거의 사람이 죽는 체온 아니야……?"

세연이 작은 소리로 물었다.

"아니야, 괜찮을 거야…….."

나림과 은지는 그렇게 말하면서도 소리 죽여 울었다.

구급차는 얼마 지나지 않아 프린스 호텔에 도착했고, 진심으로 죽고 싶지 않았던 세연은 순순히 구급차에 탔다.

"여기 보호자 분 계시나요?"

구급대원 한 명이 아이들을 보며 물었다.

세연은 간절하게 태웅 쪽을 바라봤다.

“제가 갈게요. 학교 같은 반 친구라서요.”

태웅이 망설임 없이 말했다.

세연은 벌써부터 몸이 나아지는 느낌이었다.

“너무 어린데……. 어른은 없어요? 정말 이 친구가 보호자로 가도 괜찮을까요?”

구급대원은 세연에게 걱정스럽게 물었다.

“네! 괜찮아요. 저는 상관없어요!”

세연이 대답했다.

응급실에 도착했을 때는 구급차에서 먹은 해열제 덕분인지 세연의 체온은 39도로 조금 내려가 있었다. 세연이 누운 곳은 모든 물건이 하얀색인 방이었다. 침대 옆 의자에는 태웅이 듬직하게 앉아 있었고, 반대쪽에는 의사와 간호사가 서 있었다. 의사가 세연의 혈압을 재고 체온을 여덟 번이나 재는 동안 태웅은 세연의 손을 꼭 잡아 주었다.

“걱정할 거 없어. 알지?”

태웅이 손에 힘을 주며 다정하게 말했다.

“걱정 안 해.”

세연은 머리가 깨질 듯이 아팠지만 애써 미소 지었다.

의사가 옆에 있던 간호사에게 귓속말하는 게 들려왔다.

"이게 그냥 단순한 감기는 아닌 것 같은데……. 독감도 아니고. 아아! 나는 모르겠어. 그런데 이유 없는 고열이라고 할 수도 없고. 이런 경우는 처음 보네. 어떡하지?"

"어휴……."

간호사는 땅이 꺼지도록 한숨을 쉬었다.

"저기요, 선생님. 다 들리거든요."

세연이 말했다.

의사와 간호사는 세연에게로 고개를 휙 돌리더니 입술에 손가락을 갖다 대면서 동시에 '쉿!'이라고 외쳤다.

세연은 어이가 없었다.

"미안, 미안! 음, 이게 무슨 병인지 잘 모르겠으니까 일단 병원에서 하루를 지내고 다른 증상이 나타나면 그때 다시 진단을 내

려 보마. 일단…… 수액을 맞고 있는 게 좋겠다.”

의사는 뒷머리를 긁적였다.

이번에는 태웅이 한숨을 쉬었다.

“잘생긴 학생, 그렇게 한숨을 쉬다가 땅이 꺼지면 어떡하려고?”

간호사가 웃으며 물었다.

태웅은 있는 걱정과 안타까움을 끌어모아 온 힘을 다해 간호사를 쏘아보았다. 의사와 간호사는 세연과 태웅의 눈치를 보며 병실을 나갔다.

“저 사람들은 뭐지?”

세연이 말했다.

“신경 쓰지 말자. 너, 수액 맞는 건 안 아파?”

태웅은 세연에게 하얀 병실 이불을 덮어 주었다.

“괜찮아.”

세연은 태웅의 손을 더 꼭 잡았다. 그러고는 곧 잠이 들었다. 태웅은 슬며시 웃음을 지었다.

그때 이한이 병실의 문을 열고 들어왔다.

“너희 둘만의 행복한 시간을 망쳐 버리고 싶진 않지만, 우리가 서로 의사소통하려면 커뮤니케이터가 꼭 따라가야 한다고 해서······."

이한이 태웅에게 속삭였다.

"두, 둘만의 해, 행복한 시간이라니! 그게 무슨 말이야?"

태웅은 얼굴을 붉히며 말했다.

"너는 감정이 얼굴에 너무 잘 드러나. 그래서 무슨 생각을 하는지 다 알 수 있어! 히히."

그러고는 이한은 혼자서 킥킥 웃었다.

태웅은 창피했지만, 계속 웃음이 나오는 건 어쩔 수가 없었다.

"그래, 그래, 그렇게 좋냐?"

이한이 태웅의 등을 두드리며 말했다.

다음 날이 되었다.

"내가 방금 주한이한테서 연락을 받았어! 민하는 괜찮아졌대."

이한이 말했다.

"정말? 다행이네."

세연이 말했다.

세연은 아직도 체온이 39도로, 더 내려갈 기미가 보이지 않았다. 게다가 어제는 꼭 붙어서 간호해 주던 태웅은, 오늘은 뭘 하는지 보이지 않았다.

"이한아, 태웅이 어디 갔는지 알아?"

세연이 물었다.

"30분 동안의 슬픈 이별 시간이네. 음……, 화장실 갔을걸?
배가 아프다고 했었어. 그런데 지금까지 안 오는 건 좀 이상하
다. 무슨 일이 생겼나?"

이한이 말했다.

세연은 태웅이 걱정되었다. 세연은 벌떡 일어나서 휘청거리
며 병실을 나갔다.

“김세연, 그 몸으로 어딜 가려고?”

이한이 말리는 것을 뒤로하고 세연은 화장실로 걸어갔다.

‘쟤네 지켜보는 것만큼 재밌는 건 또 없는 것 같아.’

세연이 나가자 이한은 혼잣말했다.

“태웅아! ……아무도 없어요?”

세연은 화장실 옆에 서서 문을 두드렸다. 한동안 대답을 기다리던 세연은 머리가 갑자기 어지러워서 바닥에 주저앉았다.

그때, 태웅이 화장실에서 나왔다.

“김……세연? 너 여기 앉아서 뭐 해?”

태웅이 물었다. 태웅의 얼굴은 해쓱했다.

“너 괜찮은지 확인하러 왔어.”

세연이 말했다.

“응? 이한이가 나 아프댔어? 나는 멀쩡해! 걱정하지 마. 그것보다, 넌 괜찮은 거야? 얼른 병실로 가자.”

태웅은 세연이 자신을 걱정했다는 사실에 기분이 날아갈 것 같았지만 그렇지 않은 척 세연을 일으켜 세우고 병실까지 부축했다.

이한은 다정하게 병실로 들어서는 세연과 태웅을 보고 눈 뜨고는 못 봐 주겠다는 표정을 지었다.

태웅은 세연을 침대에 눕히고 정성스럽게 이불을 덮어 주었다.

"진짜 못 말린다니까."

이한은 다른 곳으로 눈을 돌렸다.

"애들한테서는 연락 없었어?"

태웅이 물었다.

"민하는 괜찮아졌대. 아까 연락을 받았어. 그런데 유진이가 아프다는데? 나림이, 은지도. 그리고 우리는 괜찮냐고 물어봤어."

이한이 대답했다.

"뭐? 세 명이나 더? 전염병인가……. 아무튼 난 괜찮다고 해."

태웅이 말했다.

"아니, 안 괜찮잖아. 내가 알아서 말할 거야."

이한이 말했다.

잠시 후 의사와 간호사가 병실로 들어왔다.

"자, 김세연 환자, 이제 퇴원하세요."

의사가 말했다.

"퇴원이요? 아직 열이 안 내렸는데요."

태웅이 의아해서 물었다.

"네, 저희가 치료할 수 있는 병이 아닌 것 같습니다. 유감입니

다만 어쩔 수 없네요. 저희는 이 환자를 계속 보호할 수 없습니다. 그럼, 이만.”

의사는 이렇게 말하고는 휭하니 나가 버렸다. 간호사는 한 번 미안한 웃음을 지어 보이더니 의사를 따라 나갔다.

세연, 태웅과 이한은 말문이 막혔다.

“이런 병원이 다 있네. 난 괜찮으니까 얼른 나가자. 어차피 치료받지 못할 거라면 병원을 빨리 떠나는 게 나은 것 같아.”

세연이 힘없이 말했다.

“내가 택시를 부를게.”

이한이 말했다.

“주한이한테 우리 지금 프린스 호텔로 간다고 전해 줘.”

태웅이 말했다.

9. 결과

　세연, 태웅, 이한이 호텔에 도착했을 때, 아이들은 현관 밖까지 나와서 맞아 주었다.

　"어서 와!"

　민하가 말했다.

　"이제 괜찮아진 거지? 빨리 나았네. 아직 오전 10시밖에 안 됐는데."

　유라가 말했다.

　하지만 이한은 고개를 저었다.

　"아니, 세연이는 아직 안 나았어. 병원에서 쫓겨난 거야. 의사가 나가라고 했어. 자기가 모르는 질병이라 치료할 수 없다면서."

　그 말에 아이들은 분노했다.

　"항의 전화하자!"

　진혁이 주먹을 불끈 쥐며 말했다.

"아니, 병원 앞에서 시위하는 거야!"

재민이 소리쳤다.

"의사를 찾아가서 협박할래?"

현준이 말했다.

"얘들아, 제발 그러지 마."

세연이 열 때문에 빨개진 얼굴로 말했다.

아이들은 조용해졌다.

"나 정말 괜찮아. 그리고, 우린 비밀 클럽 아니야? 시위 같은 걸 하다가 클럽이 들통나 버리면 어떡해."

세연은 차분하게 말했다.

"세연이 말이 맞아. 지금은 그걸 신경 쓸 때가 아니야. 게다가 아픈 애들도 너무 많아서 뭘 하기도 어려워. 그냥 과학자 아저씨한테 맡긴 검사 결과가 나오길 기다리자."

민하가 말했다.

"지금 아픈 애들이 몇 명이지?"

수현이 물었다.

"세연이, 은지, 나림이, 유진이. 아, 그리고 태웅이도 아프다면서?"

유라가 말했다.

"응? 아, 아닌데."

태웅이 말했다.

"아니야. 안 괜찮아 보여."

유라가 단호하게 말했다.

태웅은 얼굴을 찌푸렸다.

"벌써 다섯 명이야? 도대체 왜 다들 아픈 거지?"

수현이 속상한 듯 한숨을 쉬었다.

수현의 말이 끝나기가 무섭게 뒤에서 토하는 소리가 들렸다. 정우였다.

"이제 여섯 명이네."

세연은 헛웃음이 나왔다.

"여섯 명⋯⋯."

민하가 따라 말했다.

"나는 정우 좀 도와주고 올게."

소파에 누워 있던 은지가 말했다.

"아냐, 내가 갈게."

성윤이 말했다.

"안 돼. 너도 전염될 수 있잖아."

은지가 말했다.

"그래. 지금 우리는 계속 전염되고 있어. 처음엔 나, 그다음엔 세연이, 유진이, 태웅이, 나림이, 은지, 그리고 이젠 정우까지……."

민하가 말했다.

"얘들아!"

어디선가 갑자기 큰 목소리가 들려왔다.

"꺄악!"

민하가 소리를 질렀다. 민하의 소리에 다른 아이들도 함께 놀랐다.

"아……, 홍수 오빠."

잠시 후 민하는 가슴을 쓸어내리며 말했다.

"앞으로 한 번만 더 이렇게 놀라게 하면 그때부턴 정말 아저씨라고 부를 거예요!"

"알았어, 알았어. 미안. 다들 잘 들리지? 난 주한이 스마트폰으로 말하고 있어."

홍수가 말했다.

"왜 우리한테 리디콜 한 거예요?"

재민이 물었다.

"아, 그게…… 너희 아프다면서?"

홍수가 말했다.

“저는 이제 다 나았고, 지금은 다른 여섯 명이 아파요. 어떻게 아셨어요?”

민하가 물었다.

“나야…… 당연히……, 모든 걸 알지……. 나는…… 마법사거든.”

홍수는 뻐기는 목소리로 말했다.

“또 누구 스마트폰을 해킹했어요?”

민하가 말했다.

“에이, 그냥 모르는 척해 주지. 동심이 있는 애들도 있다고!”

홍수가 말했다.

“아무도…… 없을걸요.”

아이들이 입을 모아 말했다.

“치이…….”

홍수는 스마트폰 뒤에서 입을 삐죽거리고 있을 것 같았다.

“꺼 버리기 전에 할 말 있으면 하세요.”

주한이 말했다.

“아, 아, 그러지 마! 말할게. 너희가 알 수 없는 병에 전염되고 있는 거 나도 알아. 그래서 내가 호텔 방 하나를 더 예약했거든? 1305호야. 아직 전염되지 않은 사람들은 새로운 방을 쓰면 돼. 그럼 전염되는 걸 막을 수 있을 거야.”

홍수가 말했다.

그러자 몇몇 아이들은 감사하다며 스마트폰에 대고 90도로 인사를 했다. 하지만 민하는 뚱한 표정이었다.

“오빠…… 정말…… 하……. 오빠 바보예요? 지금 건강하다고 생각하는 친구 중에도 전염된 사람이 있을 수 있어요. 이 병에 잠복기가 있을 수도 있잖아요. 그러면 언젠가 다 전염되는 건데 굳이 돈을 더 쓰고 싶었어요?”

민하가 반박했다.

그러자 스마트폰은 잠시 조용했다.

“아…… 그, 그렇구나, 크흡, 그럼 취, 취소할게…….”

홍수는 민하의 반응에 실망했는지 울고 있는 모양이었다.

민하는 너무나도 감정적인 태도에 조금 당황했다.

“나는 그냥 사실을 말해 준 건데…….”

무안해진 민하가 말했다.

하지만 다른 아이들이 홍수를 위로했다.

"형, 괜찮아요. 우리가 새로운 방을 쓸게요."

"16명이 객실 하나를 쓰는 건 힘들었는데 잘 됐어요."

"정말?"

홍수가 감격한 목소리로 말했다.

"당연하죠, 저흰 좋아요."

아이들이 말했다.

"알았어, 다행이다……. 그럼 나는 갈게, 안녕."

홍수는 인사를 하고 일방적인 것 같았던 전화를 끊었다.

"음…… 이제 방을 나누자."

민하는 한 손가락으로 머리카락을 배배 꼬며 어색하게 말했다.

"아까 민하 말대로 아픈 사람과 안 아픈 사람으로 나누는 건 큰 의미가 없을 것 같아. 차라리 리더, 스파이, 커뮤니케이터, 서바이버 등 각 그룹을 두 명씩 나누어 들어가자. 좀더 효율적으로 일할 수 있을 거야."

수현이 말했다.

"좋아."

아이들이 동의했다.

아이들 8명이 짐을 들고 1305호로 가기 위해 현관문을 열었다. 그런데 문 앞에 과학자 아저씨가 서 있었다.

"아빠!"

정우가 외쳤다.

"아직 초인종도 안 눌렀는데, 어떻게 내가 온 걸 알았지? 어, 너희 어디 가니?"

과학자 아저씨가 말했다.

"아, 이 방이 16명이 다 같이 쓰기엔 좁아서 옆방도 쓰려고요. 저쪽으로 짐을 옮기고 있었어요."

수현이 말했다.

"그렇구나. 저기…… 검사 결과가 나왔는데……."

과학자 아저씨가 뒷머리를 긁적이며 말했다.

"아아! 네. 어서 들어오세요. 아니다, 죄송한데 그냥 거기 계세요. 여긴 좀 위험해서요."

민하가 말했다.

"응? 하하하. 화학 실험이라도 하니? 아저씨가 좀 도와줄까?"

과학자 아저씨는 호탕하게 웃었다.

"하하하, 아니에요. 정말로…… 아니에요."

민하가 얼버무렸다.

“아저씨, 결과는 어떻게 나왔어요?”

현준이 물었다.

“결과는, 하하, 으음.”

과학자 아저씨는 결과를 말하고 싶지 않은 것 같았다.

“아무것도 검출되지 않은 거죠? 독이나, 해로운 세균도 없고요.”

민하가 말했다.

“그렇단다. 다른 과학 연구원들도 동원해서 같이 검사해 봤는데, 아무것도 나오지 않았어. 미안하다.”

과학자 아저씨가 풀이 죽어서 말했다.

“그 음식들에 나쁜 것이 하나도 없었던 게 아저씨 잘못은 아니잖아요. 괜찮아요.”

소파에 누워 축 처져 있던 세연이 조용히 말했다. 세연은 너무 슬펐다. 검사 결과가 자신을 배신한 것 같은 느낌이었다.

“정말 미안해.”

과학자 아저씨가 말했다.

“아저씨, 저희도 조금은 예상하고 있었어요. 너무 실망한 건 아니니까 걱정하지 마세요. 저 친구는 좀 아파서 목소리에 힘이 없는 거예요.”

민하가 밝게 말했다.

기대가 컸던 세연은 과학자 아저씨의 말에 실망도 컸지만, 과학자 아저씨 역시 속상해 보였기 때문에 세연은 힘없는 거짓 웃음을 지어 보였다.

“알았다. 그럼 가 볼게. 잘 지내라, 정우도.”

과학자 아저씨가 말했다.

“안녕히 가세요!”

아이들이 한목소리로 인사했다.

10. 회의

검사 결과가 바랐던 대로 나오지 않아서 사기가 떨어진 1306
호의 아이들은 바닥에 늘어져서 일어날 생각을 안 했다.

"어떻게 결과가 이럴 수 있지?"

진혁이 천장을 바라보며 말했다.

"나는 반쯤 예상했어. 너희들도 그러지 않았어? 은빛초등학
교 선생님들이 검사했을 때도 아무것도 안 나왔다고 했잖아. 전
문적인 과학자는 아니지만 그래도 선생님들인데."

민하가 말했다.

"지금은 음식이 없어진 걸 알고 모두 놀라지 않았을까?"

이한이 웃었다.

"으악! 피자랑 치킨이 없어졌어! 그래서 단서를 알아낼 수가
없네!"

성윤은 2반 선생님 성대모사를 했다.

“하하하.”

이한은 잠깐 웃다가 말았다.

“아…… 정말 모르겠다! 왜 아무것도 검출되지 않은 거야? 말이 안 되잖아.”

“나중에 생각하자. 지금은 별로 생각하고 싶지 않다.”

진혁이 말했다.

화장실에선 정우가 토하는 소리가 들려왔다. 세연과 은지가 자고 있어서 조용했기 때문에 정우의 소리는 더 잘 들렸다.

“그런데 친구들은 왜 다 아픈 거지?”

민하가 혼잣말했다.

“리더들끼리 회의를 좀 해야겠다. 재민아, 옆방으로 가서 수현이 좀 불러줘. 태웅이는…… 그냥 저쪽 방에서 쉬라고 해.”

민하가 말했다.

재민은 1305호로 갔다.

“수현아, 리더 회의. 얼른 와.”

재민이 현관문 앞에서 큰 소리로 말했다.

“나는?”

누워 있던 태웅이 일어나 앉으며 물었다.

“너는 그냥 거기 있어.”

재민이 말했다.

"아니야. 나도 갈게."

태웅이 말했다. 그러고는 구역질을 몇 번 하더니 다시 말했다.

"화장실 좀 갔다가……."

"어휴, 아프면 그냥 쉰다고 하지. 쓸데없이 자존심은 세 가지고."

재민이 말했다.

"그만큼 책임감이 강한 거지."

수현이 말했다.

재민과 수현은 먼저 1306호로 향했다.

"이쪽 방으로 들어가자."

민하가 재민과 수현에게 말했다.

"왜? 다른 애들 있는 데서 하면 안 돼?"

재민이 물었다.

"잔말 말고 와."

민하가 딱딱하게 말했다.

"우리는 왜 부른 거야?"

재민이 또 물었다.

"어휴, 눈치도 없지. 그것도 몰라? 내가 말하는 거 못 들었어?"

민하는 눈을 굴렸다. 수현은 옆에서 쿡쿡 웃었다.

"이 세상에 내 편은 없는 것인가?"

재민은 장난스럽게 말했다.

민하는 한숨을 내쉰 다음 말했다.

"친구들이 왜 다 아픈지 추리하려는 거야. 아픈 이유가 있을 거 아니야. 너희들은 왜 그런 것 같아?"

"그냥 힘들어서 그랬을 것 같은데."

재민이 말했다.

"설마 진짜 그렇겠어? 이렇게나 많은 친구들이 그냥 힘들어서 아프다고? 나는 그게 다는 아닌 것 같아. 독감의 신종 유형 같은 거 아닐까?"

수현이 말했다.

"나는 수현이 의견에 동의해. 병원의 의사가 아직 모르고 있는 바이러스나 세균이 새로운 병을 만들어 냈을 거야."

민하가 말했다.

"정말 그게 원인일까?"

화장실에서 돌아오고 얼굴빛이 조금 나아진 태웅이 민하 옆에 앉으며 말했다.

"너는 무슨 생각인데? 더 그럴듯한 생각이 있어? 난 아직도 애들이 그냥 힘들어서 그런 것 같은데."

아까부터 민하와 수현에게 계속 퇴짜를 맞은 재민이 비꼬는 말투로 말했다.

"얘들아, 잘 생각해 봐. 뭔가 들어맞는 게 있어. 지금 우리가 겪는 증상이 꼭 은빛초의 식중독 증상과 비슷하지 않아? 발열, 구토, 복통…… 다 식중독에서 나타나는 거잖아."

태웅이 조용히 말했다.

아이들은 다 얼굴이 멍해졌다.

"식중독이라…….'

수현이 말했다.

"정말 그렇네! 그래, 왜 그걸 생각하지 못했을까? 은빛초등학교에서 우리한테 PC 사건을 의뢰했던 이유 기억나지? 피자랑 치킨을 먹은 아이들한테서 나타난 식중독 증상 때문이야!"

민하가 눈을 크게 뜨며 소리쳤다.

"그리고…… 우리의 식중독 증상에도 그게 식중독이라는 확실한 근거가 없어. 은빛초 아이들처럼. 병원에서 의사가 세연이를 강제로 퇴원시킨 이유도 그거였어. 자신이 알지 못하는 병이라 치료할 수 없다고."

태웅이 말했다.

"나빴어!"

재민이 말했다.

"왜 그렇게 발끈해? 혹시 세연이 좋아해?"

수현이 물었다.

"아, 아니, 친구끼리 당연히 걱정해 줄 수 있지! 꼭 재민이가 세연이를 좋아해서 그런 게 아니고……."

태웅이 쩔쩔맸다.

"알았어, 알았어. 다시 본론으로 가."

민하가 말했다.

"그, 그래. 얘들아, 생각해 보면 진짜 이상하잖아. 은빛초 6학년들이 먹은 피자와 치킨에서는 독이나 세균이 나오지 않았고, 우리는 그걸 아예 먹지도 않았는데, 모두 식중독 증상이 있어."

태웅이 말했다.

"그러게, 어떻게 이 증상이 있을 수 있는 거지?"

민하가 물었다.

"냄새로 감염시키는 건가?"

수현이 말했다.

"냄새는 아닐 것 같아. 우리가 치킨이랑 피자를 배달시켰을 때, 두 시간이나 걸렸잖아. 그동안 냄새는 많이 날아갔을 것 같은데……."

재민이 말했다.

"맞아. 그리고, 냄새로 감염시키는 게 가능한 일인가? 그거 말고 다른 생각 없어?"

민하가 물었다.

"시각, 청각, 후각, 미각, 촉각. 혹시……, 우리가 상자를 만져서 감염됐을까?"

태웅이 말했다.

"음, 생각해 보자. 내가 제일 먼저 감염됐었지. 나는…… 그

래! 내가 배달원들한테서 피자와 치킨을 받았어. 장갑 없이.”

민하가 말했다.

“그리고, 세연이가 두 번째로 감염됐는데……. 아, 세연이가 은빛초등학교에서 상자를 들고 왔었어! 유진이도 같이 들고 왔었지. 그래서 감염된 거였을 거야!”

태웅이 말했다.

“그다음에는 태웅이 네가 감염됐잖아. 그건 왜 그런 거지?”

수현이 물었다.

그때 이한이 리더들의 회의 방으로 들어왔다.

“태웅이가 병실에서 계속 세연이 손을 잡고 있어서 그렇지! 하하하.”

이한은 깔깔 웃었다.

태웅은 얼굴이 빨개졌다.

“아, 그리고 정우는 나랑 같이 비닐 팩에 음식을 담은 다음에 상자들을 치웠어.”

민하가 말했다.

“아이들이 감염되는 건 직접적인 접촉 때문에 그런 건가 봐. 만지지 않은 아이들은 가까이에 있어도 감염되지 않았으니까.”

재민이 말했다.

"그런데 내 몸에서 상자와 닿은 곳은 손밖에 없어. 그러면 은지랑 나림이는 왜 감염된 거지? 날 간호해 줄 때도 내 손은 잡은 적이 없는 것 같은데."

민하는 어리둥절하게 말했다.

"그건……, 그러게."

재민은 생각해 보려고 애쓰며 팔짱을 꼈다.

"은지랑 나림이가 피자와 치킨 상자를 분리수거 하러 갔으니까."

진혁이 회의 방으로 들어와 말했다.

"민하야, 네가 어제 서바이버들한테 쓰레기 분리수거를 하라고 했잖아. 우리는 다 같이 나가기가 귀찮아서 가위바위보에서 진 사람만 나가기로 했는데, 은지랑 나림이가 졌어."

"그래서 그랬구나……. 정말 모든 게 딱 들어맞아. 상자에 해로운 물질이 묻어 있었던 거고, 그게 식중독의 증상을 만들었어."

태웅이 말했다.

"이제는 상자만 검사하면 되는데……."

이한이 말했다.

"상자를 버렸잖아!"

회의 방에 있던 모두가 동시에 비명을 질렀다.

11. 시골의 실험실

리더들과 이한, 진혁은 신발까지 거꾸로 신고 밖으로 뛰어나
갔다. 세연과 정우, 은지는 우당탕탕 소리에도 평온하게 잠을
잤다.

"분리수거장이 어디죠?"

이한이 지나가는 호텔 직원을 붙잡고 다짜고짜 물었다. 직원
은 어디서 본 듯한 얼굴이었다.

"일 층 안내 데스크 옆에 있는 문으로 나가시면 돼요."

직원은 미리 답을 준비해 놓기라도 한 듯 당황하지 않고 술술
대답했다.

"감사합니다아!"

리더들과 이한, 진혁은 계단을 세 칸씩 뛰어 내려가며 인사했다.

"여기다!"

분리수거장을 발견한 민하가 소리쳤다.

“얘들아, 그런데, 쓰레기가 없어…….”

수현이 얼빠진 얼굴로 말했다.

아이들은 다시 한번 비명을 질렀다.

“이제 어떡하지?”

진혁은 망연자실한 표정이었다.

그때, 아이들 뒤쪽에서 삐-삐-삐 소리가 들렸다. 아이들은 뒤돌아보았다.

“쓰레기차야!”

이한이 눈을 휘둥그레 뜨고 말했다.

“정말…….”

재민이 말했다.

그 사이에도 쓰레기차는 몇 미터씩 멀어져 가고 있었다.

“잡아!”

민하가 소리를 질렀다.

달리기가 빠른 이한과 재민은 쏜살같이 쓰레기차를 향해 뛰었다. 민하, 진혁, 수현도 뒤따라갔다.

“으음…… 파이팅!”

배가 아팠던 태웅은 뒤에 남아 소리쳤다.

잠시 후 쓰레기차는 신호에 걸렸다.

"잡아아아! 잡으라고오!"

달리기 속도가 느려서 쓰레기차에 다가가지 못한 진혁이 뒤에서 달려가며 이한과 재민을 응원했다.

"으아아!"

이한과 재민은 함께 기합을 넣은 다음 신호가 초록불로 바뀌기 전에 쓰레기차를 잡았다.

"저기요! 잠깐만 차 좀 세워 주세요! 정말 급해요!"

재민이 소리쳤다.

"으응?"

쓰레기차 운전사는 도로 어디선가 갑자기 나타난 두 아이를 보고 놀란 표정을 지었다.

"할아버지, 제발요! 세워 주세요!"

이한도 운전사를 간절한 눈빛으로 바라보며 부탁했다.

운전사는 그 아이들의 애처로운 표정을 보고 쓰레기차를 천천히 몰아 가까운 공터에 세웠다.

"무슨 일이냐?"

운전사 할아버지가 물었다.

"죄송해요. 저희가 여기서 꼭 찾아야 하는 중요한 게 있어서요."

재민이 말했다.

"그럼 빨리 찾아라. 대신 너희가 찾을 동안 멈춰 있을 수는 없으니 나는 다음 목적지를 향해 갈 게다. 일이 많이 밀렸거든."

운전사 할아버지가 말했다.

"고맙습니다!"

이한과 재민은 인사하고 재빨리 쓰레기차에 올랐다. 마침 뒤늦게 도착한 민하, 수현, 진혁도 함께 차에 올라타서 쓰레기를 뒤졌다.

10분쯤 지났을 때 수현이 환호성을 질렀다.

"찾았어! 찾았다고!"

아이들은 버려진 장갑을 끼고 상자들을 든 다음, 쓰레기차에서 내렸다.

"정말 감사해요. 덕분에……"

민하는 운전사 할아버지에게 인사를 하다가 멈췄다. 그러곤 눈을 크게 뜨고 주위를 둘러보았다.

"애들아…… 여기가 어디지……?"

주변 풍경이 달라져 있었다. 아주 외진 시골이었다. 겨우 10분밖에 지나지 않았지만, 그 짧은 시간 동안 쓰레기차는 많은 거리를 이동한 것 같았다.

"너희가 오래 걸린 만큼 많이 온 거야. 그리고 내가 말했잖니. 다음 목적지로 간다고. 그래서 난 너희가 신호에 정차했을 때 다 내렸을 거라고 생각했단다."

운전사 할아버지는 태연하게 말했다.

"너희, 다음 목적지로 간다는 거 알고 있었어?"

민하가 이한과 재민에게 물었다.

"그게…… 마음이 너무 급해서 아까 할아버지가 하신 말을 흘려들었어."

재민이 뒷머리를 긁적였다.

아이들은 예상치 못한 상황에 몹시 당황했지만, 그렇다고 80세는 넘어 보이는 할아버지에게 따질 수는 없었다.

"그럼…… 여긴 어딘가요?"

수현이 겁먹은 표정으로 물었다.

"여기? 멀지 않아, 그러엄, 멀지 않아. 나도 어디인지 정확하게는 모르지만 말이다. 잘 찾아가길 빈다."

운전사 할아버지가 슬며시 웃으며 말했다.

"네?"

아이들은 입을 띡 벌렸다. 하지만 쓰레기차는 이미 좁은 도로를 따라 앞으로 가고 있었다.

"이렇게 우릴 버려 놓고 가시다니!"

수현이 소리쳤다.

"이제는 어떡하지?"

진혁이 물었다.

“그러게…….”

이한이 한숨을 쉬었다.

“일단 침착해야 해. 다들 겁먹지 말고. 잘 생각해 보면 방법이 있을 거야.”

민하가 말했다.

그런데 갑자기 뒤에서 인기척이 있었다.

“거기, 애들아.”

한 사람이 서 있었다.

“네?”

진혁이 대답했다.

“너희, 길 잃었니?”

50살 정도 되어 보이는 중년의 남자였다. 날씨와 어울리지 않게 긴 코트를 입고 장갑을 끼고 있었다. 미소를 짓고 있었지만, 왠지 차가워 보이는 인상이었다.

“누구세요?”

민하가 물었다.

“나는, 에…… 여기 사는 주민이야. 아저씨라고 편하게 불러라. 무슨 일이냐? 내가 도와주마. 먼저, 내 집으로 가자. 출출할 시간이네. 과일 깎아 줄게.”

남자가 말했다.

따뜻한 말에 금세 마음이 녹아내린 아이들은 아저씨를 따라 아저씨의 집으로 걸어갔다. 민하만은 긴장한 표정으로 맨 뒤에서 천천히 걸었다.

15분 정도 걷자, 작은 집이 나왔다. 아저씨의 집은 쓰레기차 할아버지가 간 길과 같은 방향에 있었다. 그 집은 아주 깨끗한 흰색이었고, 그래선지 어딘가 이상해 보였다. 시골 마을의 주민이 살 만한 집 같진 않았다.

민하는 여기저기로 고개를 돌려 보았다. 건물 안쪽에는 여러 통들이 쌓여 있었다. 투명한 액체가 대량으로 담긴 통이 가장 먼저 보였고, 그 옆에는 조금 더 작은 통이 있었는데, 통의 보이는 면에는 'DETO'라고 쓰여 있었다.

"다 왔다. 이리 들어와라."

아저씨가 웃으며 말했다.

"아저씨가 웃는 게 조금 사악해 보이지 않아? 그리고

이 집은 보통 집 같지 않은데……. 여기 좀 이상해.”

민하가 수현에게 귓속말했다.

“난 좋은 아저씨인 것 같은데. 우리한테 친절하게 대해 주시고. 일단 믿어 보자.”

수현이 말했다.

민하는 고개를 끄덕이면서도 경계를 늦추려고 하지 않았다.

아저씨는 아이들을 하얗고 조그만 방으로 데리고 갔다.

“내가 과일을 준비할 동안 들어가서 기다려라.”

아저씨가 말했다.

하지만 민하는 아이들이 방에 들어가지 못하게 막았다.

“아저씨, 저희 그냥 밖에서 기다리면 안 돼요? 밖이 더 시원해서요.”

아저씨는 민하를 잠시 매서운 눈빛으로 쳐다보았다. 그리고 곧 표정을 바꾸고 친절하게 말했다.

“에어컨을 틀어 주마.”

“방 안에 에어컨이 없는데요.”

민하가 의심하며 말했다.

“그럼…… 문을 열어 두는 건 어때?”

아저씨는 화가 나는 걸 참고 있는 것 같았다.

"아저씨가 문을 열어 둘 거라고 제가 어떻게 믿을 수 있죠?"

민하가 물었다.

"으아아! 그냥! 들어가라고!"

아저씨는 소리를 질렀다. 그리고 민하를 먼저 방 안으로 던져 넣었다.

"윽!"

민하가 방 안쪽 벽에 부딪히며 소리쳤다.

"민하야!"

수현이 외쳤다.

아저씨는 수현도 방으로 던져 넣고, 날쌔 보이는 이한과 재민도 도망가기 전에 잡아서 방에 넣었다. 그사이 진혁은 온 힘을 다해 도망쳤지만, 달리기가 느린 탓에 금방 아저씨에게 잡히고 말았다.

진혁까지 방에 넣고 나서 아저씨는 문을 자물쇠로 잠갔다. 그리고 열쇠를 뒤로 던져 버렸다. 방의 문은 감옥의 문처럼 쇠창살로 되어 있었다.

"으으, 정말 믿으면 안 되는 거였어……."

재민은 바닥에 부딪힌 무릎을 문지르며 후회했다.

진혁은 멍하니 하얀 천장만 올려다보았다.

"민하야! 너 괜찮아?"

수현은 민하를 살피며 물었다.

민하는 고개를 끄덕였다. 그리고 씩씩대며 말했다.

"저 사람은 왜 이러는 거야? 우리한테 뭘 하려는 거지?"

"내가 일단 주한이한테 전화해 볼게."

이한이 말했다.

"방금 전화한다고 했니? 너희는 아무와도 연락할 수 없어! 이곳은 전파 방해 장치가 설치되어 있어 휴대 전화 신호는 모두 차단이 되어 버리지. 이제부턴 평생 여기 갇혀 지낼 거야! 너희에게 남은 '평생'이 하루를 넘을 거라고 장담할 순 없겠지만……. 으하하하!"

쇠창살 밖으로 보이는 아저씨가 누런 이빨을 다 드러내며 웃었다. 아저씨는 어느새 새하얀 과학자 옷을 입고 있었다.

12. 터치균과 진실

"누구신데 우리를 가두는 거예요? 우리가 아저씨한테 뭘 잘못했나요? 우리는 잘못한 게 하나도 없다고요!"

민하가 당돌하게 아저씨에게 쏘아붙였다. 얼마나 힘을 줘 가며 말했는지, 이마에는 송골송골 땀이 맺혔다.

아저씨는 표정 변화도 없이, 방에 갇힌 아이들을 구경했다.

그러자 민하는 약이 올라서 더 소리쳤다.

"오늘 처음 보는 사이인데, 우리한테 왜 이러시는 거예요?"

"강 박사다. 과학자지."

아저씨가 말했다.

"그래서 뭐요? 우리 보고 어쩌라는 거예요? 사람을 잘못 본 거 아니에요? 우린 아저씨랑 아무 관계도 없는데."

재민이 말했다.

"음, 아닌 것 같은데. 너희가…… 내가 발명한 걸 찾아냈지?"

강 박사가 콧수염을 손가락으로 빙글빙글 돌리며 물었다.

"뭘 말하시는 건지 모르겠지만, 우린 정말 아무것도 몰라요! 그리고 우리는 아저씨가 뭘 발명했든 하나도 신경 안 써요! 문이나 좀 빨리 열어 주세요!"

수현이 소리쳤다.

"내가 발명한 건, 터치균이야. 손만 대도 아프게 만드는 세균이지. 가벼운 장염처럼 지나가게 할 때도 있지만, 사람을 죽일 만큼 치명적인 효과를 낼 때도 있지. 너희의 오합지졸 무리 중 한 명도 거의 죽을 뻔했지, 그렇지?"

강 박사가 말했다.

"세연이……."

수현이 작게 속삭였다.

"아저씨가 그걸 어떻게 알아요?"

민하가 물었다.

"난 너희를 오늘 처음 본 게 아니야. 사실, 꽤 오랫동안 지켜봤어. 너희는 물론 몰랐겠지만."

강 박사가 입에 기분 나쁜 웃음을 띠며 말했다.

"오랫동안 지켜봤다는 건 무슨 말이에요?"

재민이 물었다.

“진짜로 몰랐던 거냐. 이런, 이런. 생각한 것보다 더 멍청하구나.”

강 박사의 말에 이한이 발끈했다.

“빨리 알려 줘요!”

“안 그러면 어떻게 할 건데? 나한테 욕이라도 하게? 어이구, 귀여워라. 너희가 할 수 있는 건 없으니까 그냥 들어!”

강 박사가 빈정거렸다.

이한은 빨개진 얼굴로 입술을 깨물었다.

“이제 내가 너희를 계속 보고 있을 수 있었던 이유를 알려 주지. 자아, 다들 나와!”

강 박사가 말하자, 발소리가 들렸다. 여러 사람이었다.

“한 명씩 소개하마. 먼저, 내 예쁜 딸, 지현이.”

강 박사가 자랑스럽게 말했다.

20대의 젊은 여자가 걸어왔다.

“이한아! 우리 사랑스러운 제자를 여기서 보게 될 줄이야! 반갑네. 네가 안 나와서 세나가 마음이 많이 상한 것 같던데.”

강지현 선생님이 말했다.

“강지현 선생님……? 선생님이 왜 여기 있어요?”

이한이 믿을 수 없다는 듯이 물었다.

"하하. 그야 강 박사님이 내 아빠니까. 나는 네가 학교에 왔을 때부터 계속 관찰했지. 전학생이 하루에 두 명씩이나 오는 것부터 이상한데, 모든 반에 두 명씩이라니, 의심이 들었어. 나는 꽤 괜찮은 스파이거든. 그렇지 않니? 그리고, 나는 변장에도 좀 재능이 있는 것 같아. 호텔 직원의 얼굴, 제대로 못 봤겠지? 그것도 나였어. 너희가 분리수거장으로 내려갈 거라고 미리 쓰레기차 운전사님한테 말해 놨지."

이한은 주먹을 꽉 쥐었다.

"어머, 이한아. 사랑이 많은 삶을 살아야지. 세나 앞이 아니어서 다행인 줄 알아."

강지현 선생님이 이한을 놀렸다.

"선생님이 제자를 사랑했으면, 우리를 염탐하진 않았을 거예요."

이한은 차갑게 말했다.

강지현 선생님은 짐짓 놀란 표정을 짓더니 말했다.

"어머, 똑똑한데? 내가 왜 너희를 사랑하겠니."

이한은 쇠창살 사이로 주먹질을 마구 해 댔지만, 뒤에서 진혁이 진정하라고 타일렀다.

강 박사는 기분 나쁜 미소를 지었다.

"우리 딸과 이곳에서 다시 만나니 어때? 이제 다음을 소개하지. 그 쓰레기차 운전기사님이 누군지 궁금하겠지? 아빠, 나오세요!"

아까 그 운전사 할아버지가 걸어 나왔다.

"안녕."

운전사 할아버지는 해맑게 웃었다.

"할아버지가 아저씨와 같은 편이라고요? 이 할아버지는 그저 아저씨가 무서워서 따르는 것뿐일 거예요. 불쌍한 할아버지한테 이런 일을 시키지 마세요!"

재민이 말했다.

"정확히 말하면, 무서워서 따르는 게 아니야. 내가…… 음, 세뇌를 시켰다고 해야 할까? 우리 아버지는 치매에 걸리셨거든. 아버지는 우리가 지금 영웅의 일을 하고 있다고 생각하셔."

강 박사는 의기양양한 웃음을 지었다.

충격을 받은 아이늘은 아무 말도 하지 못했다.

"자, 그럼, 다음 사람! 우리 쌍둥이 조카들."

강 박사가 말했다.

저번에 배달원으로 봤었던 중학생들이 걸어왔다.

"은비와 은빈이다. 우리 착한 조카들은 날 위해서 무슨 일이라도 할 거야. 그렇지, 얘들아?"

강 박사는 친절한 목소리로 물었다.

"네!"

은비와 은빈은 잔뜩 긴장한 목소리로 대답했다.

아이들은 화가 부글부글 끓었다. 강 박사는 이 일에 끼고 싶지 않았던 은비와 은빈까지 데려와서 부리고 있는 게 분명했다.

"은비와 은빈이는 너희가 터치균을 찾고 있다는 걸 나에게 알려 줬어. 물론 우리 지현이가 먼저 알려 주긴 했지만, 은비와 은빈이가 확실하게 해 줬지."

"그리고, 지미 존스. 너희가 여기에 오게 된 이유라고 할 수 있어."

강 박사가 말했다.

"지미 존스……."

수현이 작게 따라 말했다. 지미는 외국인의 이름 같았다.

수현의 짐작대로, 한 외국인이 걸어 나왔다. 빨간색 곱슬머리에, 주근깨가 많은 젊은 청년이었다.

"내 친구야. 내가 터치균 실험하는 걸 많이 도와줬지. 피자와 치킨 상자에 터치균을 뿌린 게 이 아이거든."

강 박사가 말했다.

"또, 그 은혜를 잊을 수 없지. 내 실험 대상이었던 은빛초 아이들."

강 박사는 킬킬킬 웃었다.

"터치균 같은 쓸데없는 걸 만들어서 어디에다가 쓰려고 그러는 거예요?"

민하가 물었다.

"쓸데없다니, 말이 좀 심하다. 그래도 난 너희에게 말해 주지 않을 거야. 너흰 그냥, 실험 대상이니까. 하지만 이 일을 하려면 먼저 실험을 하면서 터치균의 능력을 강화해야지, 사람을 더 쉽게 죽일 수 있도록."

강 박사는 자신에 찬 목소리로 말했다.

"아저씨가 뭘 꿈꾸고 있든지, 그 일이 이뤄지기 전에 체포될 거예요! 사람들이 곧 우릴 구하러 올 거라고요."

이한이 말했다.

아이들은 이한을 보며 빙긋이 웃었다.

"어떻게 사람들을 부르려고? 텔레파시로? 하히하."

강 박사가 비웃었다.

"우린 어떻게든 해낼 거예요. 사람들은 꼭 올 거고, 아저씨는 유괴한 대가를 치르게 될 거라고요."

재민이 말했다.

다른 아이들은 강 박사에게 갖가지 욕을 해 댔다.

강 박사는 미간을 찌푸렸다.

"시끄럽게 떠들지 마! 그러지 않으면 터치균을 뿌려 버릴 거야! 내 실험실에는 몇 톤이나 되는 터치균이 있어."

강 박사가 말했다.

아이들은 분한 표정을 지으며 입을 다물었다.

"이한아, 주한이에게 연락할 수 있어? 비밀 통신수단, 진짜 있지? 전화는 안 되는 모양인데."

민하가 이한에게 속삭였다.

"한번 해 볼게. 이렇게 전파 방해를 받을 때를 예비해 사용할 특정 대역의 예비 주파수를 몇 개 설정해 두긴 했어. 주한이도 타이밍에 맞게 주파수를 잘 조정해 줘야 할 텐데."

이한이 둘만의 연락 수단을 만지작거리며 작은 목소리로 말했다.

"주한이가 우리가 전송한 신호를 받고 있는지는 잘 모르겠어. 그래도 사전에 약속해 두었으니 일단은 시도해 봐야지."

걱정하며 바라보는 친구들에게 이한이 속삭였다.

"이한아, 우리 위치를 알려야 하는 거 아니야?"

수현이 물었다.

"이한아! 도로명 주소! 저기 가로등에 쓰여 있는 글자 보여?"

민하가 말했다.

"응, 작지만 보이긴 해! 보내 볼게. 그런데 신호가 생각보다 약한 것 같아. 어떡하지? 이젠 주한이가 알아차리는지에 달려 있어."

이한이 말했다.

강 박사는 문밖에서 터치균으로 위협을 하다가 별안간 사라졌다. 강지현 선생님, 지미 존스, 운전기사님, 은비와 은빈도 강 박사를 따라갔다.

"어디 간 거지?"

진혁이 물었다.

"어딜 갔든, 우리 눈앞에서 없어져서 좋다."

재민이 말했다.

잠시나마 찾아온 평화에 아이들이 잠시 숨을 돌릴 즈음 강 박사가 실험실에서 다시 나오며 기분 나쁜 웃음소리를 냈다.

"내가 가 버린 줄 알았나? 후후, 나는 터치균을 스프레이 통에 옮겨 담아 왔어. 너희가 이 스프레이를 몇 번 맞으면 어떻게 될지 몰라."

"주한아, 제발 빨리 와."

아이들은 눈을 감고 벽에 머리를 기댔다.

13. 강 박사 vs 리틀 디텍티브

프린스 호텔 1305호와 1306호는 시끄러웠다.

"진짜야? 애들이 납치됐다고?"

아이들이 물었다. 벌써 열다섯 번째였다.

"내가 연락을 받았다니까? 그게 그렇게 안 믿어져? 어느 순간 이한이와 연락이 끊겨서 위기를 직감하고 우리가 전에 약속한 주파수 대역으로 채널을 변경했거든. 그런데 희미하게 구조 요청 신호를 받았어."

답답해진 주한이 가슴을 치며 말했다.

"주한이 말이 맞아. 납치된 것 같아……. 내가 아까 애들이랑 상자를 찾으러 분리수거장으로 나갔을 때, 쓰레기차가 상자를 싣고 가고 있었어. 나는 배가 아파서 뒤에 남아 있었고, 다른 아이들은 쓰

레기차를 쫓아갔어. 근데 그 후로 계속 안 돌아왔어. 돌아오겠지 하고 기다린 지 30분이 넘은 것 같은데.”

태웅이 1306호로 들어오며 말했다.

“그럼 우리가 구하러 가야겠네!”

현준이 비장하게 일어서며 말했다.

“그게 내가 지난 30분 동안 말하려던 거였는데.”

주한은 못마땅한 표정을 지었다.

“애들은 어디로 간 거야?”

“이한이가 조금 전에 위치를 보내 줬어. 내가 아까 저기에 적어 놨으니까, 빨리 찾아보자. 지금 목숨이 위험한 상황일 수도 있잖아!”

주한이 다급하게 말했다.

“그런데, 거기까지 어떻게 가지?”

나림이 물었다.

“내가 택시를 불러 볼게. 두 대면 되겠지?”

성윤이 말했다.

“아픈 애들은 택시에 장갑을 끼고 타. 아까 리더들이 ‘접촉만 해도 감염되는 세균’에 대해서 말하는 걸 들었어. 나는 홍수 오빠에게 돈을 빌릴게. 리디콜, 리디콜!”

유라가 말했다.

"리디콜! 어디 가셨나? 왜 대답이 없지……."

성윤이 고개를 갸우뚱했다.

"그럼 어떻게 오빠를 부르지? 전화번호도 없는데."

유라는 호텔의 고급 나무 의자에 다리를 꼬고 앉았다.

점심때쯤 되어 몸이 조금 나아진 세연은 잠깐 생각하다가 미소를 지었다. 그리고 자신 있게 말했다.

"흠……. 우리가 어떻게 임홍수 '아저씨'랑 대화를 할 수 있을까?"

그러자 3초도 되지 않아 유라의 스마트폰에서 홍수의 목소리가 흘러나왔다.

"아저씨? 아저씨라고 한 사람 누구야!"

아이들은 세연을 보며 엄지손가락을 치켜들었다.

그렇게 아이들은 홍수에게서 돈을 빌리고, 프린스 호텔을 나왔다.

대형 택시 두 대가 거의 동시에 왔다. 아이들은 두 무리로 나눠서 택시에 탔다.

"아저씨, 빨리 좀 가요!"

운전기사가 천천히 운전하자 주한이 빽 소리를 질렀다. 택시 기사는 아이들의 기세에 마지못해 속도를 높였다.

빠르게 운전해 준 택시 기사 덕분에 아이들은 목적지에 일찍 도착할 수 있었다. 그러나 택시 기사는 급하게 운전하다 신호와 속도를 여러 차례 위반해 버렸고, 목적지에 도착하자마자 경찰에게 걸려 범칙금과 과태료를 낼 수밖에 없었다.

"애들아, 얼른 내리자."

이한이 걱정된 주한이 말했다. 주한과 몇몇 아이들은 먼저 납치된 아이들을 찾아서 달려갔다. 그러나 세연은 잠시 남아 택시 기사에게 말했다.

"정말 죄송해요. 저희 친구들이 위험한 상황에 있어서 좀 마음이 급했어요. 그리고 여기서 조금만 더 기다려 주세요. 돌아갈 때도 타고 갈게요."

그러나 택시 기사는 별로 내키지 않는 것 같았다. 이 급박하고 혼미한 상황을 다시는 겪고 싶지 않았던 것이다. 기사가 고개를 갸웃하던 도중 세연은 갑자기 택시의 와이퍼를 꺾어서 떼어냈다. 그리고 먼저 간 아이들을 따라 뛰어가며 소리쳤다.

"죄송해요! 무기로 써야 할 것 같아서……. 아저씨가 낸 범칙금이랑 이 와이퍼 비용은 이따가 갚을게요!"

태웅도 옆쪽에 주차한 택시의 와이퍼를 꺾고 나서 세연을 따라 뛰어갔다.

세연과 태웅이 몇 분 동안 쉬지 않고 뛰어가자 다른 아이들을 따라잡을 수 있었다. 그리고 앞쪽엔 하얀 집이 보였다.

"여긴가?"

세연이 숨을 몰아쉬며 말했다.

"조용히 해 봐. 민하 목소리가 들려!"

정우가 말했다.

"나랑 세연이가 무기를 갖고 있으니까 먼저 갈게. 너희들은 숨어 있다가 우리가 도와 달라고 소리치면 도와줘. 처음부터 사람이 이렇게나 많이 왔다는 걸 밝히는 건 별로 안 좋은 작전 같아서."

태웅이 말했다.

"나도 같이 가면 안 돼? 나는 힘이 좋잖아."

현준이 말했다.

"그럼 너까지만."

태웅이 말했다.

세연, 태웅, 현준은 친구들의 소리가 들리는 쪽으로 향했다.

"아악! 잡지 마! 이거 놓으라고!"

민하의 목소리가 점점 크게 들렸다. 어떤 남자가 자지러지게 웃는 소리도 들렸다.

세연은 심장이 쿵쾅거렸다. 하지만 친구들을 위해서라고 생각하며 하얀 집에 가까이 다가갔다.

"그만해!"

세연이 떨리는 목소리로 외쳤다.

남자가 뒤돌아보았다. 그 남자는 손에 대형 스프레이를 들고, 뿌리려는 동작을 취하고 있었다. 반대쪽 손으로는 민하의 팔목을 잡고 있었다. 친구들은 작은 흰색 방에 갇혀 있었다.

"세연이다! 태웅이랑 현준이도!"

벽에 기대어 있던 수현이 일어나며 소리쳤다. 이한은 남자에게 혓바닥을 내밀었다.

"애들아! 무사해서 다행이다. 다들 괜찮은 거지?"

세연이 말했다.

"응, 우린 괜찮아!"

진혁이 말했다.

"너희를 구출하러 올 '사람들'이 이분들이었구나. 내 실험실에 온 걸 환영한다."

강 박사는 비꼬는 말투로 말했다.

그때 세연은 양손에 와이퍼를 들고 강 박사에게 달려들었다. 태웅과 현준도 세연을 따라 뛰었다.

아이들 셋이 함께 덤비자 강 박사는 손을 써 보지도 못하고 뒤로 넘어졌다.

"빨리 친구들을 풀어 주세요!"

현준이 강 박사의 얼굴에 솥뚜껑만 한 주먹을 들이대며 말했다.

하지만 강 박사는 미소를 지었다.

"음……. 난 아직 풀어 주고 싶지 않은데?"

화가 난 세연은 와이퍼로 강 박사의 뒤통수를 세게 때렸다.

강 박사의 표정이 달라졌다.

"애들아!"

강 박사가 아이들의 뒤쪽을 보며 소리쳤다.

사람 몇 명이 달려오는 소리가 들렸다. 누군가가 아이들을 잡아당기기 시작했다. 세연과 태웅은 강 박사를 계속 와이퍼로 때리며 매달려 있으려고 했지만, 결국 뒤로 나가떨어졌다.

"강지현 선생님……?"

세연은 현준을 강 박사에게서 떼어내려고 애쓰고 있는 여자를 보며 말했다.

"그래, 맞아! 다시 보게 돼서 반갑다, 세연아!"

어느새 현준을 떼어내고 세연에게로 온 강지현 선생님이 세연의 목을 조르며 말했다.

"켁켁, 하지 마!"

세연은 허공에 대고 발길질했다.

"으…… 이거 놔……."

강지현 선생님이 계속 목을 조르자, 세연은 눈앞이 뿌옇게 흐려졌다.

"세연아!"

민하가 조급하게 소리쳤다. 쇠창살 뒤에 있는 아이들은 세연을 위해 해 줄 수 있는 게 없었다.

지미 존스와 싸우고 있던 태웅은 민하의 소리를 듣고 세연 쪽을 바라보았다.

"애들아, 빨리! 좀 도와줘!"

태웅이 소리쳤다.

그러자 숨어 있던 아이들이 멀리서 뛰어왔다.

"으아아!"

아이들은 다 같이 기합을 넣으며 강 박사와 다섯 명의 다른 악당들에게 달려들었다.

유라와 준이 가장 먼저 세연에게로 달려가 강지현 선생님의
팔을 풀었다. 세연은 의식을 잃고 시멘트 바닥으로 쓰러졌다.
준은 세연을 업고 옆에 있던 평상으로 데려가 눕혔다.

유라는 강지현 선생님의 머리채를 몇 번 쥐어뜯었다. 선생님은
자신이 신고 있던 하이힐의 굽을 부러뜨려서 유라에게 던졌다.

정신없는 싸움이 시작됐다.

주한은 강 박사에게로 돌진하며 돌려차기를 했다. 강 박사는
몸을 낮추며 쉽게 주한의 공격을 피했다. 강 박사도 주한에게
주먹질했지만, 민첩한 주한도 강 박사의 공격을 피했다.

성윤은 실험실 맞은편에 있는 논에서 물을 한 바가지 퍼다가
지미 존스 위에 끼얹었다. 물에 젖은 생쥐 꼴이 된 지미는 번쩍

이는 파란 눈으로 성윤을 응시하다가, 순식간에 성윤의 팔을 잡아서 뒤로 꺾었다.

준은 세연을 눕힌 다음 괜찮은지 확인해 볼 시간도 없이 은비와 은빈의 공격을 받았다. 현준은 준을 도와 은비를 먼저 때려 눕히고 좀 더 힘이 센 은빈에게 집중했다.

터치균에 감염된 아이들까지도 자기 몸 상태는 뒷전으로 한 채 함께 싸웠다.

평소 간식을 몇 개씩 가지고 다니는 은지는 정우에게 그걸 모두 먹였다. 그리고 쓰러져 있는 은비 앞에 정우를 데려다 놓고 정우의 등을 두드렸다. 정우는 조준을 잘해서 먹은 간식을 정확히 은비의 얼굴에 게워 냈다.

나림은 버스 운전대를 휘두르며 자신에게 달려오는 운전사 할아버지를 가까스로 피했다.

"나림아, 할아버지는 공격하지 마! 나쁜 분이 아니야! 치매가 좀 심해서 그래. 할아버지의 관심을 끌 만한 이야기를 해 드려!"

수현이 작은 감옥 안에서 소리쳤다.

나림은 잠시 고민하다가, 미소를 지으며 할아버지의 손을 잡았다. 그리고 싸움판에서 먼 곳으로 할아버지를 잡아끌며 말했다.

“할아버지, 저는…… 에, 미래에서 왔어요.”

“미래? 미래에서 온 영웅?”

“네! 맞아요. 지구를 구하려고 왔어요.”

운전사 할아버지는 영웅이라는 말을 듣고 나림을 순순히 따라갔고, 나림과 할아버지는 싸움이 끝날 때까지 미래의 영웅에 대해서 수다를 떨었다.

유진은 팔이 꺾인 성윤을 도왔다. 프라이팬만 한 애착 거울로 지미 존스의 등짝을 몇 번 후려쳤다. 곧 지미 존스는 털썩 쓰러졌다.

“고마웠다, 친구…….”

유진은 깨진 거울을 바라보며 슬프게 말했다.

그 순간 강 박사가 갑자기 터치균 스프레이를 들고 아이들을 위협하기 시작했다.

“모두 멈춰! 움직이면 뿌려 버릴 거야.”

강 박사가 말했다.

강 박사에게 이단 옆차기를 날리려던 주한은 주춤주춤 뒤로 물러났다. 다른 아이들도 가만히 멈춰 섰다.

강 박사는 여유 있는 웃음을 지으며 주한에게로 다가갔다. 주한은 조금 더 뒷걸음질 쳤다.

발을 동동 구르며 쳐다보기만 하던 민하는 문득 어떤 생각이 떠오른 듯했다.

"Deto…… Detox? Detoxicant! 해독제!"

"민하야, 왜 그래?"

수현이 물었다.

"내가 이 방에 들어오기 전에, 실험실 안에 있는 통을 봤거든. 그 통 안에 해독제가 있는 것 같아."

민하가 속삭였다.

"해독제?"

이한이 물었다.

"이한아, 주한이에게 전해. 강 박사가 스프레이를 들고 있더라도 겁먹지 말고 공격하라고. 실험실엔 터치균의 해독제도 있으니까 모두 쓰러뜨린 다음에 해독제를 찾아서 먹으면 된다고."

민하가 이한에게 조그맣게 말했다.

이한은 고개를 끄덕였다.

주한이 공격을 하기 시작했다. 먼저 강 박사의 얼굴에 정통으로 주먹을 날렸다.

"주한아, 뭐 하는 거야!"

유라가 소리쳤다.

하지만 강 박사가 주한에게 스프레이를 뿌리는 것을 본 아이들은 금방 얼굴이 빨갛게 달아올라서 강 박사에게 달려들었다.

"감히 내 친구한테 터치균을 뿌려?"

현준이 강 박사의 멱살을 잡고 말했다.

강 박사는 아이들에게 닥치는 대로 터치균을 뿌리기 시작했다. 얼마 안 되어 거의 모든 아이들이 스프레이를 맞게 되었다.

하지만 강 박사는 이어지는 아이들의 공격에 중심을 잃고 넘어졌고, 육중한 몸무게의 현준은 강 박사를 깔고 앉았다. 강 박사는 곧 기절했다. 아이들은 아직 쓰러지지 않은 강지현 선생님과 은빈을 공격했다.

은지와 유진은 실험실 옆 창고에서 밧줄을 꺼내 왔다. 강 박사가 아이들을 묶기 위해 준비해 놓은 듯했다.

"준, 받아!"

유진이 소리쳤다.

준은 밧줄을 받았고, 성윤과 태웅이 잘 잡아 준 덕분에 가로등에 은빈을 쉽게 묶을 수 있었다.

마지막으로 강지현 선생님만이 남았다. 그런데 갑자기 태웅이 배를 감싸고 주저앉았다. 은지, 유진, 정우도 정신이 혼미한

June!
A KID OF...

듯이 비틀거렸다. 이미 터치균에 감염된 상태에 스프레이를 맞은 탓이었다.

유라와 준은 터치균의 피해가 급격하게 나타나고 있는 아이들을 세연이 누워 있는 평상으로 한 명씩 데리고 갔다.

유라와 준을 빼니 이제 싸울 만한 아이들은 셋밖에 없었다. 하지만 그 셋마저 터치균에게 힘을 조금씩 빼앗겨 가고 있었다.

수현은 처참한 싸움터의 모습을 보고 얼굴을 손에 파묻었다. 민하도 희망 없이 하얀색 벽만 바라보았다. 재민은 안타까운 마음에 주먹으로 가슴을 퍽퍽 쳤다.

"해독제를 가져와야 해."

주한이 현준과 성윤에게 말했다.

"해독제가 있어?"

성윤이 물었다.

"가자."

현준이 말했다.

주한, 현준, 성윤은 실험실 문으로 뛰었다.

하지만 강지현 선생님에게 막히고 말았다. 강지현 선생님은 아이들을 마주 보고 섰다. 그리고 강 박사의 손에서 빼 온 터치균 스프레이를 칙칙 뿌렸다.

"콜록콜록."

주한이 기침을 했다.

"효과가 나타나기 전에 빨리 싸워!"

지켜보고 있던 진혁이 소리쳤다.

아이들은 있는 힘을 다해 강지현 선생님을 공격하고 밀었지만, 강지현 선생님은 아이들에게 스프레이를 계속 뿌려 가며 끈질기게 실험실 문을 지켰다.

몇 분 후, 성윤이 쓰러졌다.

현준과 주한도 힘겹게 버티고 있는 듯했다.

"이제 너희도 곧 쓰러질 거야. 그러면 나는 우리 아빠의 계획을 이룰 수 있겠지. 하하하하!"

강지현 선생님이 만화에 나오는 악당처럼 웃었다.

그때, 세연의 의식이 조금씩 돌아왔다. 처음에는 아이들이 희미하게 보였다가, 몇 초가 지나자 또렷하게 보였다. 아이들은 쓰러져 있었다. 자신의 옆에선 태웅이 웅크리고 누워 있었다. 처참한 모습이었다.

'왜……, 왜 이렇게 된 거지……?'

세연은 태웅이 걱정되었다. 곧 세연은 자신이 가만히 있으면 안 된다는 것을 깨달았다. 자신은 아직 몸을 움직일 수 있다는 것을 알아서였다.

'선생님이 모르게 타이밍만 잘 잡으면 나 혼자서도 이길 수 있어.'

세연은 조용히 평상에서 일어났다. 하얀 철창 안에 있던 아이들은 눈을 동그랗게 뜨고 세연을 보았다. 세연은 여유 있는 미소를 지으며 입술에 손가락을 갖다 댔다. 강지현 선생님은 웃느라 아직 세연이 깨어난 것을 알아차리지 못했다.

세연은 빠르게 머리를 굴렸다.

'어떻게 선생님이 모르게 접근하지?'

아이디어가 떠오른 세연은 일부러 비틀거리며 강지현 선생님에게로 가까이 다가갔다.

"으으. 얼른…… 얼른 친구들을 풀어 줘요. 으윽!"

세연은 힘겹게 말하다가 다리에 힘이 풀린 척 한 손으로 땅을 짚고 넘어졌다. 그러면서도 강지현 선생님을 똑바로 응시하며 눈빛으로 연기를 했다.

"어, 깨어났네. 많이 아팠쪄요? 선생님이 세연이를 좋아하는 흑기사 강현이를 불러 줄까요? 하하하하하!"

강지현 선생님은 세연을 놀려 댔다.

"하, 하지 마."

세연이 말했다.

어느새 아이들을 모두 평상으로 옮긴 유라와 준은 세연의 뜻을 이해하고 세연의 연기에 합세하여 비틀대기 시작했다. 강지현 선생님은 흐느적거리고 있는 세연, 유라, 준은 볼 것도 없다는 듯 자신을 밀어 보려고 노력하고 있는 현준과 주한에게로 눈길을 돌렸다.

"지금이야."

철창 안에서 지켜보다가 세연의 작전을 이해한 민하는 조용히 말했다.

세연은 민하의 말에 맞춰 벌떡 일어났다. 유라와 준은 선생님의 양팔을 잡고 움직이지 못하게 했다. 그 틈을 타 세연은 강지현 선생님의 손에서 스프레이 통을 빼냈다. 선생님은 생각했던 것보다 훨씬 더 멀쩡한 세연을 보고 화가 나는지 입술을 씰룩거렸다. 세연은 여유로운 미소를 지으며 신생님의 목 뒤에 있는 혈을 정확히 눌렀다. 선생님은 전신이 마비되고 말았다.

"추리 소설을 읽는 게 이렇게나 유용할 줄 몰랐네요."

세연이 눈을 찡긋하며 말했다.

14. 사건 해결

"세연아! 멋있었어!"

방에 갇혀 세연을 지켜보던 아이들과 유라, 준, 나림이 칭찬했다. 세연은 방긋 웃었다. 그리고 실험실로 들어가는 주한과 현준을 따라갔다.

"뭐 하러 들어가는 거야?"

세연이 물었다. 주한은 대답하지 않았다. 대신 주변을 휘휘 둘러보았다.

"이건가?"

주한이 연노란색 액체가 담긴 통을 가리키며 물었다.

세연은 통에 쓰여 있는 알파벳을 읽어 보았다.

"Detoxicant. 해독제라고?"

"너, 여기에 해독제가 있는 걸 알아서 일부러 더 싸운 거였어? 스프레이에 맞아도 해독제가 있으니까 괜찮을 걸 알고."

현준이 물었다.

주한은 고개를 끄덕였다.

"이한이가 알려 줬어."

세연은 뛸 듯이 기뻤다.

"얘들아! 해독제야!"

세연은 해독제 통을 머리 위로 흔들며 실험실 밖으로 나갔다. 하지만 아이들의 반응은 거의 없었다. 다 쓰러져 있었기 때문이었다. 실험실로 다시 들어오니 주한과 현준도 쓰러져 있었다.

"빨리 뿌려 줘야겠다."

세연이 말했다.

"잠깐만, 기다려!"

수현이 세연을 불렀다.

"방금 생각해 봤는데, 이게 해독제인지 우리가 알 수 없잖아. 더 강력한 터치균이면 어쩌려고. 해독제라고 쓰여 있긴 하지만, 또 모르지."

"앗! 어떡해, 난 실험실에

서 본 게 해독제가 아닐 수도 있다는 생각을 못 했어. 그래서 그
냥 스프레이를 맞아 가면서 싸우라고 한 건데. 해독제가 없으면
아픈 애들은 어떡하지? 내가 너무 큰 실수를 했나 봐……."

민하가 풀이 죽어 말했다.

"이 액체가 진짜로 해독제이길 기도하자. 그러면 우린 이제
뭘 해야 하지?"

세연이 말했다.

"일단 어른들을 부르자. 홍수 오빠, 경찰, 과학자 아저씨. 그
리고, 이 감옥 열쇠 좀 찾아 줘. 너무 답답해. 강 박사랑 다른
사람들은 움직일 수 있게 되기 전에 묶어 놨다가 감옥이 열리면
그 안에 가둬 놓자."

수현이 말했다.

"알았어. 나는 먼저 밧줄을 더 찾아올게."

세연은 수현이 있어서 다행이라고 생각했다.

세연은 준과 함께 창고에서 밧줄을 꺼내 와 강 박사, 강지현
선생님, 지미 존스, 은비를 묶었다. 가로등에 묶인 채 강 박사
에게 빨리 좀 깨어나라고 소리치던 은빈은 세연이 붙인 테이프
로 입이 막히고 말았다. 나림의 끝없는 영웅 이야기는 운전사
할아버지를 묶는 밧줄 역할을 해 주었다.

유라는 홍수, 경찰, 과학자 아저씨에게 차례로 전화했다. 홍수는 유라가 전한 이야기를 듣고 기겁했다.

"이제 열쇠를 찾아보자."

준이 말했다.

"강 박사가 아까 저기 멀리 던졌던 것 같은데……."

진혁이 말했다.

"맞아. 그런데 정확히 어디 떨어졌는지는 못 봤네. 아깝다."

재민이 말했다.

아이들은 주변을 샅샅이 뒤졌다. 논밭까지 들어가서 찾다가 트랙터를 타고 온 할아버지의 나무람도 들었지만 멈추지 않았다. 하지만 시간이 지나자 아이들은 의욕이 떨어졌다.

"어딨는 거지, 정말……."

힘이 다 빠진 준이 말했다.

"그냥 바닥에 누워 버리고 싶다."

유라가 말했다.

"나는 진짜로 누울래."

세연이 말했다. 그러고는 정말 시멘트 바닥에 누웠다. 4월 오후의 땅바닥은 시원했다.

"아, 좋다."

세연은 논밭을 바라보며 말했
다. 그런데 바로 옆 햇빛을 받아
반짝거리는 무언가가 있었다.

"얘들아! 열쇠!"

세연이 외쳤다.

"열쇠라고? 찾았어? 정말?"

민하, 수현, 이한, 재민, 진혁이
함께 물었다.

세연은 손을 뻗어 열쇠를 잡고 후다닥 일어나 하얀 감옥의 문
을 열었다.

"드디어! 드디어 자유다!"

이한과 재민이 소리쳤다. 활발한 둘은 방에서 가장 먼저 나와
마구 뛰어다녔다.

"세연아, 네가 열쇠 찾은 거지? 고마워! 그리고 같이 수고한
유라랑 준도 고마워."

민하가 말했다.

아이들은 서로 힘껏 껴안았다.

홍수는 금세 도착했다. 아이들이 갇혔다는 소식에 최대한 신

속하게 온 것 같았다. 이어서 경찰과 과학자 아저씨도 도착했다.

"오빠!"

민하가 소리쳤다.

세연은 처음 보는 홍수의 얼굴에 깜짝 놀랐다. 고등학생의 얼굴로는 보이지 않았기 때문이었다. 적어도 마흔 살은 되어 보였다. 여드름과 주름이 섞여 있는 얼굴에, 머리숱도 별로 없었다. 거기에 부자라고 하기엔 너무 후줄근해 보이는 옷까지 입으니, 늙은 백수 아저씨 같아 보였다.

'홍수 오빠가 왜 자신을 오빠라고 부르라고 강조했는지, 이젠

잘 알겠다.’

세연은 생각했다. 쓰러지지 않은 다른 아이들도 홍수의 얼굴을 살피며 같은 생각을 하는 것 같았다.

“얘들아! 갇혀 있었다고? 괜찮니?”

홍수가 아이들의 얼굴을 하나하나 살피며 말했다.

“저희는 괜찮아요. 그런데…… 저 친구들은……”

수현이 쓰러진 아이들을 가리키며 말했다.

“뭐야! 너희 몸싸움을 이렇게나 세게 한 거야?”

홍수는 곳곳에 쓰러져있는 아이들을 보며 놀라 물었다.

“몸싸움도 하긴 했지만, 그것보다 터치균 때문에…….”

진혁이 말했다.

“터치균……?”

홍수가 물었다.

“그동안 많은 일이 있었어요. 일단, 터치균은 직접적으로 닿기만 하면 전염되는 세균이에요. 식중독 같은 증상을 만들어요.”

민하가 말했다.

“그럼…… 이 사건의 답이……?”

홍수가 말했다.

“맞아요.”

세연이 자랑스럽게 말했다.

"대단하다, 애들아. 고생했어. 이런 걸 원했던 건 아니지만 결국 너희들이 해냈구나. 내가 너희들이 너무 고생하게 했나……. 좀 미안하네. 난 너희가 그냥 재미있게 치킨 피자 상자를 찾고 검사하면 될 줄 알았는데. 아예 사건 해결까지 다 해 주다니."

홍수가 말했다.

"저희는 괜찮아요. 쓰러진 친구들을 어서 구해 주세요. 아, 과학자 아저씨, 얼른 이것 좀 검사해 주세요. 해독제라고 쓰여 있는데, 진짜 해독제인지는 모르겠어요. 그리고 또, 터치균 스프레이도 검사해 주세요."

민하가 말했다.

"내 연구실로 다시 가서 검사해 오려면 시간이 꽤 걸릴 텐데 어쩌지?"

과학자 아저씨가 미안한 표정으로 말했다.

"아저씨, 지금 특수 장갑을 끼고 계시네요? 거기에 긴 소매까지! 그럼 다 됐어요. 여기는 실험실이에요. 필요한 건 다 있을 거예요."

이한이 말했다. 들뜬 목소리였다.

"오, 그래? 그럼 가 보자."

과학자 아저씨가 말했다. 과학자 아저씨와 민하, 이한, 진혁은 실험실로 함께 들어갔다.

"나는 뭘 하면 되니?"

경찰이 물었다.

"여기 범죄자를 체포해 주세요. 강 박사라고 하는데, 아이들을 대상으로 화학 실험을 했어요. 게다가 유괴까지 했어요! 저는 강 박사 때문에 작은 방에 두 시간은 갇혀 있었다고요!"

재민이 흥분해서 말했다.

경찰은 수첩에 뭔가를 적기 시작했다. 그리고 홍수도 아이들의 말에 집중했다.

"강 박사는 가족들과 불법적인 실험을 했어요. 아버지, 딸, 조카들. 그리고 외국인 친구랑 같이요."

수현이 말했다.

"은빛초등학교 아이들이 시킨 피자와 치킨을 담을 상자에 터치균을 뿌려서 불법 실험을 했어요. 아이들에게서 얼마나 강력한 효과를 볼 수 있는지 관찰하는 거죠. 강 박사의 딸이 은빛초 교사여서 그걸 관찰할 수 있었어요. 그리고 그 상자를 만진 이 친구도 거의 죽을 뻔했어요."

준이 세연을 가리키며 말했다. 세연은 고개를 끄덕였다.

"지금 쓰러진 아이들도 터치균 때문에 그런 거예요. 검사해 보세요! 저기에 터치균 스프레이가 있어요. 그 안에 유해 물질이 있다는 걸 알 수 있을 거예요."

세연이 말했다.

경찰은 심각한 표정으로 아이들을 보았다.

"절 따라오세요. 실험실에서 과학자 아저씨가 터치균을 관찰하고 있어요."

준이 말했다.

경찰은 아이들을 따라 실험실로 들어갔다. 실험실 안에서는 검사가 진행되고 있었다.

"아저씨, 장갑은 절대 벗지 마세요."

민하가 말했다.

"그래."

과학자 아저씨는 현미경 쪽으로 갔다.

"스프레이 좀 줄래?"

아저씨가 말했다.

"혹시 장갑 남는 게 있나요? 저희도 장갑을 껴야 뭐라도 만질 수 있어서요."

진혁이 말했다.

아저씨는 주머니에서 장갑을 꺼내 아이들에게 건넸다.

장갑을 낀 진혁은 재빠르게 터치균 스프레이를 건네 드렸다.

"으음…….."

터치균 스프레이에서 나온 것을 관찰하던 과학자 아저씨가 말했다.

"뭔가 있네. 정말이었어. 너희가 말했던 그 세균이 진짜로 있었어."

그 말에 경찰은 수첩에 무언가를 끄적였다.

"이제 된 건가요? 새로운 물질이 있다는 게 확인됐으니까요. 아직도 의심스러우시면 이 스프레이를 들고 가셔서 다른 경찰들이랑 실험해 보셔도 돼요. 장갑을 꼭 끼고 실험해야 해요. 그리고요, 해독제 같은 것도 있는데, 이것도 안전한지 실험해 주세요. 최대한 빨리요!"

세연이 말했다.

"응. 한번 갖고 가 볼게. 그리고, 범죄자들은 밧줄로 잘도 묶어 놨구나. 우선 경찰서로 데려가서 수사할 거고, 진짜 범죄자로 판결이 나면 체포할 거야. 너희도 같이 가자."

경찰이 말했다. 아이들은 경찰서로 가자는 말에 긴장하면서도 좋아했다.

15. 모두, 안녕

"다 끝났다. 진짜로 다 끝났어."

경찰서에 갔다가 프린스 호텔로 돌아온 아이들이 말했다. 모두 흐뭇한 표정을 하고 있었다.

"내 인생에서 가장 긴 금요일이었어."

민하가 말했다.

경찰은 터치균을 국립과학수사연구원에 의뢰하여 그 정체를 파악했고, 주변인 탐문을 통해 범행의 동기를 알아냈다.

몇 년 전, 강 박사는 사업 실패 후 빚더미에 앉게 되었다. 그는 사업을 접고 젊은 시절 못다 한 연구를 다시 하기 위해 시골에 실험실을 차렸다. 지미 존스에게 돈을 빌려 실험 장비를 마련한 강 박사의 실험은 의외로 잘 진행되었다. 그는 새로운 물질인 터치균을 발견하고 질병 치료에 활용할 방법을 연구했다. 하지만 터치균은 잘못 사용되면 인체에 치명적인 위험을 초래

할 가능성도 있었다.

강 박사는 돈에 눈이 먼 나머지 이 점을 악용하여 사람들에게 범죄를 저질렀다. 그는 부자들에게 터치균을 뿌리고 협박하여 돈을 빼앗았고, 심지어 자신의 딸이 근무하는 은빛초의 학생들을 더욱 강력한 터치균 개발을 위한 실험 대상으로 삼았던 것이다.

강 박사와 그 가족, 지미 존스는 곧 체포되었다. 그리고 아이들은 안전함이 확인된 해독제를 먹고 나아져 호텔로 무사히 돌아왔다.

"너희들, 대단했어. 리틀 디텍티브 모집 안내문을 보고 신청했을 텐데 모두 똑똑하고 용감한 친구들이었네. 이제는 너희를 모두 믿을 수 있겠다. 휴대폰 차단 프로그래밍은 이제 해제해도 되겠어."

홍수가 아이들과 한 명 한 명, 하이파이브를 하며 말했다.

"감사해요."

민하가 말했다.

"그럼 나는 그만 가 볼게. 중간고사가 일주일도 안 남았는데, 공부를 하나도 못 했거든."

홍수가 말했다.

“네, 안녕히 가세요!”
아이들은 한목소리로 인사했다.

“그런데 홍수 형은 정말 고등학생이 맞긴 한가 봐. 중간고사를 본다니.”
“나도 처음에 홍수 오빠 봤을 때 진짜 깜짝 놀랐어.”
홍수가 떠나자 아이들이 수군거렸다.
“그러게, 난 고등학생인 척하는 아저씨인 줄 알았어.”
“야, 조용히 해. 아저씨라는 말 듣고 홍수 형 다시 돌아오겠다.”
아이들은 여전히 키득거리며 말했다.

아이들은 첫 사건 해결의 기쁨을 맘껏 누렸다. 밤늦도록 야식을 먹으며 무서운 이야기를 했고, 새벽이 되도록 영화를 봤다. 영화까지 다 본 후에 할 것이 없어진 아이들은 동그랗게 앉아 함께 천장을 보고 있었다.
“심심하다.”
재민이 말했다.
“아직 새벽 4시인데 더 이상 할 게 없어.”
이한이 남은 야식을 먹으며 말했다.

"나의 미모를 감상하는 시간을 갖는 거 어때?"

유진은 헤어젤로 머리 모양을 중세 유럽의 귀족처럼 만들며 말했다.

"음, 그럴 필요는 없을 것 같아. 그냥 자는 게 낫겠어."

유라가 시큰둥하게 말했다.

"그러기엔 이 시간이 너무 아까워. 아침이면 헤어질 거잖아. 다시 평범한 삶으로 돌아가야 하는데."

은지와 나림이 말했다.

"그럼, 우리 진실 게임 할래? 벌칙은 노래 부르기!"

현준이 말했다.

"좋아!"

아이들이 외쳤다. 세연은 혹시나 곤란한 질문이 오진 않을까 생각하며 얼굴이 살짝 빨개졌다.

"나부터 해도 되지? 이유진,"

현준이 말했다.

"지금까지 우리한테 말한 적 없는 비밀 있어?"

유진은 아무렇지 않게 웃었다.

"뭐, 비밀이라고 해야 할까? 나는 이게 별로 부끄럽지 않거든. 음, 나는 항상 자다가 새벽에 깨. 그리고 다시 자."

"일부러?"

현준이 물었다.

"반은 의식적으로 일어나는 거고, 반은 어쩔 수 없이 깨는 거야. 나는 밤에 거울을 보려고 일어나. 자다가 깬 내 모습이 좀 잘생겼거든. 새벽 3시면 언제나 깨서 거울에 비친 내 모습을 감상해. 난 그 모습을 보고 싶어서 깰 수밖에 없는 거야."

유진이 당당하게 말했다.

"진짜? 그럼, 그동안 여기서 잘 때도 매일 새벽마다 일어나서 거울을 본 거야?"

나림이 물었다.

"당연하지."

유진은 자랑스럽게 웃었다.

"어휴, 그게 무슨 자랑이라고 그렇게 웃냐."

유라가 말했다.

"그럼 이번엔 내가 질문한다. 정유라, 너 혹시 나 좋아해? 만날 나한테만 핀잔주고."

유진이 장난스럽게 물었다.

유라는 황당하다는 표정이었다.

"꿈 깨셔. 핀잔주는 걸 왜 널 좋아한다는 뜻으로 받아들여?

네가 항상 잘난 척해서 그렇잖아."

그 말에 유진은 입을 삐죽거렸다.

"유진이가 유라 좋아하나 봐."

성윤이 말했다.

아이들은 깔깔 웃었다.

"그럼 내 차례지? 난…… 태웅이한테 할게."

유라가 말했다.

말이 떨어지자마자 태웅과 세연의 얼굴이 달아올랐다.

"태웅아, 혹시…… 너 여기서 좋아하는 사람 있니?"

태웅은 심장이 쿵쾅거렸다. 세연도 자신의 심장 소리가 빨라지는 것을 느꼈다.

"그, 그건 비밀이야!"

"비밀? 그럼 있다는 거네?"

재민이 물었다.

"없을 수도 있지!"

나림이 말했다.

"없겠냐? 없으면 바로 없다고 했겠지."

이한이 말했다.

태웅은 절대 말하지 말라는 경고를 눈빛에 가득 담아 이한을 주시했다.

"괜찮아, 난 말하지 않는다니까. 다른 친구들도 이미 다 알고 있는 것 같긴 하지만."

이한이 곁에 앉은 태웅에게만 들리도록 조용히 속삭였다.

"아무튼 태웅이는 진실을 이야기하지 않았으니까, 벌칙을 받아야지."

유라가 말했다.

그래서 부끄러웠지만 태웅은 비밀을 지키기 위해 노래를 한 곡 불렀다.

"우리 이제 그만 밖에 나갈래? 내가 편의점에서 아이스크림 사 줄게."

태웅이 말했다.

"우와, 좋아!"

현준이 말했다.

아이들은 우르르 밖으로 뛰어나갔다. 이 시간에 초등학생들이 우르르 편의점에 들어오자 아르바이트생은 적잖이 놀란 듯했다.

각자 아이스크림을 하나씩 손에 든 아이들은 공원으로 향했다. 그리고 남자아이들과 유라는 공원에 버려져 있던 공을 가지고 축구를 하러 갔다.

나머지 아이들은 작은 정자에 앉아서 구경하기로 했다.

"유라, 축구 정말 잘한다."

수현이 말했다.

"그러게. 부러워. 나는 운동은 완전 꽝인데."

은지가 말했다.

"아, 그리고 여자들끼리만 있으니까 말인데, 세연아."

나림이 킥킥 웃으며 말했다.

"응?"

"아까 진실 게임에서 말이야. 태웅이가 좋아하는 사람이 누구인 것 같아?"

"뭐?"

당황한 세연은 손에 들고 있던 아이스크림을 옷에 떨어뜨리고 말았다.

민하가 웃었다.

"이 질문이 그렇게 놀랄 일이야?"

"응? 아, 아니지! 음, 나는 모르겠는데? 나 옷이 너무 더러워졌다. 먼저 들어가서 씻을게."

얼굴이 빨개지며 황급히 달려가는 세연을 보며 아이들은 깔깔 웃었다.

"골!"

태웅이 외쳤다.

"거의 나만큼 축구 잘하는 애를 난생처음 보네. 너는 왜 이렇게 잘하냐?"

유진이 숨을 고르며 말했다.

"야, 무슨 소리야. 네가 우리 중에서 제일 못하잖아."

유라가 놀렸다.

유진은 이해할 수 없다는 표정을 지었다.

그때, 태웅은 숙소로 달려가는 세연을 보았다.

"애들아, 나 갑자기 너무 피곤해서 방으로 좀 가 있을게. 너희끼리 놀다 와."

태웅이 말했다.

"봐. 태웅이도 나랑 겨루면 이렇게 지친다니까, 정유라?"

유진이 뻐기며 말했다.

"그래. 마음대로 생각하셔."

유라는 포기했다는 듯 말했다.

"그럼 나 먼저 간다!"

태웅이 달려가며 소리쳤다.

"김세연!"

태웅이 호텔 문을 열던 세연을 불렀다. 세연은 뒤돌아보았다.

"어? 너 축구 하고 있었잖아."

"하다가 피곤해서 왔어. 우리 저기 앉을래?"

태웅은 호텔 뒤편의 벤치를 가리켰다.

"나…… 아이스크림 흘려서 씻어야 하는데."

"잠깐만 있다가 가면 되지."

"그럼, 좋아."

둘은 함께 앉았다. 몇 초의 정적이 흘렀다.

"이번 사건 재밌었지?"

태웅이 물었다.

"응. 당연하지. 은빛초에 전학생으로 들어가고, 음식도 조사하고, 악당도 잡고. 내 인생에 있었던 일 중에 제일 흥미진진했어."

"네가 진짜 큰 활약을 했잖아. 대단했어."

"헤헤, 고마워. 그리고 너도 공이 크지. 이 사건의 미스터리를 풀어낸 게 너니까."

"다음 사건이 빨리 생기면 좋겠다."

"그럼 우리가 더 빨리 위험해지는 건데?"

"에이, 이번처럼 멋지게 해결하면 되지."

"그게 말처럼 쉽진 않을걸?"

“리틀 디텍티브는 무슨 사건이든 다 해결할 수 있을 거야! 하하하.”

“응! 당연하지.”

세연과 태웅은 잠시 쓰레기장 풍경을 바라보았다.

“여기가…… 별로 예쁘진 않다. 장소를 잘못 골랐나 봐.”

태웅이 말했다.

“괜찮아. ‘쓰레기장’, 얼마나 웅장하고 멋진데.”

세연이 농담했다.

“푸흐흐. 그래. 멋지다.”

태웅이 웃으며 맞장구쳤다.

또 잠깐의 어색함이 흘렀다.

“이제 들어갈까?”

세연이 물었다.

“곧 가자. 저, 세연아. 너는 정말 좋은 친구야.”

태웅이 말했다.

“하하하. 너, 그 말 하려고 여기 앉자고 한 거지?”

세연이 말했다. 세연의 얼굴은 발그레했다.

“사실, 응. 맞아.”

“너도 나한테 좋은 친구야. 알지?”

“고, 고마워. 이제 들어가자.”

태웅의 얼굴도 발그레해졌다.

아침 8시가 되었다. 아이들은 밤을 꼴딱 새웠다. 다들 비몽사몽인데, 어디선가 목소리가 들려왔다.

“기상! 오늘은 집에 가는 날이야. 9시에 우리 클럽 전용 버스를 타면 기사님이 알아서 집으로 데려다주실 거야.”

홍수였다. 성윤의 스마트폰으로 목소리가 흘러나오고 있었다.

“후아아암, 네…….”

아이들은 반쯤 감긴 눈으로 휘적휘적 걸어 다니며 짐을 쌌다.

‘조금이라도 잘걸.’

세연은 후회했다.

9시가 되자 아이들은 버스에 탔다. 세연은 민하와 함께 앉았다. 민하는 자리에 앉자마자 잠들었다. 버스에 탄 리틀 디텍티브 거의 모두가 잠에 빠져 있었다.

세연은 창밖을 바라보았다.

어제 그 많은 일이 일어났다는 게 믿기지 않았다. 모든 게 아득하게 느껴졌다.

어디선가 목소리가 또다시 들려왔다. 이번에는 버스에 달린 스피커였다.

"얘들아, 사건 해결하느라 고생했어. 첫 사건인데도 아주 멋지게 해냈어. 일주일도 안 되는 그런 짧은 시간 안에. 나는 내가 어릴 때처럼, 너희가 리틀 디텍티브로 즐겁게 활동하는 걸 보고 싶었는데, 소원 성취를 하게 됐네. 모두 열심히 해 줘서 정말 고마워. 오늘부턴 마음 편하게 다시 일상으로 돌아가. 그럼 나는 이제 갈게. 안녕!"

'이번 일주일은 저에게도 소원이 이루어지는 행복한 시간이었어요.'

세연은 마음속으로 답했다. 그리고 단잠에 빠져들었다.

리틀 디텍티브

ⓒ 이다인, 2025

초판 1쇄 발행 2025년 8월 1일

지은이　이다인
펴낸이　이기봉
편집　좋은땅 편집팀
펴낸곳　도서출판 좋은땅
주소　서울특별시 마포구 양화로12길 26 지월드빌딩 (서교동 395-7)
전화　02)374-8616~7
팩스　02)374-8614
이메일　gworldbook@naver.com
홈페이지　www.g-world.co.kr

ISBN　979-11-388-4594-6 (43810)